出遅れテイマーのその日暮らし
Deokure tamer
10
Deokure Tamer no Sonohigurashi

出遅れテイマーのその日暮らし
Deokure tamer
10
Deokure Tamer no Sonohigurashi

CONTENTS

Deokure Tamer no Sonohigurashi

第一章　イベント後半戦と沈没船

当初の目的をすっかり忘れていた。

俺たちは、魚拓《ぎょたく》作りに必要な魚を釣りにやってきていたのだ。

それが、ラッコさんを発見したり、鮫に追いかけられたり、謎の岩礁を発見したりと、イベント盛りだくさんでうっかりしてしまっていたね。

魚拓作りは今日の内に達成したかったので、俺たちは引き続き夜釣りに挑戦である。

「ちょっ早《ぱや》でデカいの釣りあげて、沈没船探索をするぞ！」

「ペン！」

「フム！」

サメに追われて大分沖まで来てしまっていたので、湾に戻って釣り糸を垂らす。

海に出てから忙しかったせいか、穏やかな湾内で釣りをするのが非常に楽しく感じる。

だが、高得点の魚は全く釣れない。雑魚《ざこ》ばかりだ。

美味《おい》しいんだけど、今はお前らじゃないんだよ。

「うーむ、これは、高得点の魚のリストだけじゃなくて、もっと詳しい情報を買うべきだったか？」

でも、何でもかんでも情報を仕入れたら、つまらなくなるしな……。カッコつけて、アリッサさんがお薦めするミニゲーム必勝情報を買わなかったのは俺なのだ。ここでアリッサさんのところに行って、改めて情報を買うのは恥ずかしい。やはり、自力で高得点を狙うしかない。

そうして考え続けていたら、ようやくあることに気付けた。

「今まで最高得点だった魚は、キンメダイとタラだったよな？」

アリッサさんから買った、リストを確認する。やはり、キンメダイとタラで間違いない。

「確かどっちも深海魚だったはず……」

つまり、さらに高得点の魚も深海魚？　だとしたら、この湾のどこかに深くなっている場所があり、そこじゃないと釣れないいんじゃないか？　きっとそうだ！　俺のツルツルの脳細胞も、たまには仕事をするじゃないか！

「ペルカ！　ルフレ！　海が深くなっている場所を探してくれるか？」

「ペン！」

「フム！」

海面で水遊びをしていた二人が、ビシッと敬礼をしてから海へと潜っていった。

それから三〇分後。

「きた！　キンメダイだ！」

「モグモ！」

俺は、五〇センチ程の大きなキンメダイを釣り上げることに成功していた。これも、ルフレたちが見事に深海の場所を探し当ててくれたおかげだ。

「いいねぇ。キンメダイ。自分たちが食べる分もここで釣っておこう！」

「モグ！」

その後はタラの釣り上げにも成功する。海面に上がってきたタラを見て、ドリモがちょっと引いているな。

「はっはっは！　口から胃袋出てるぜ！　グロ！」

「モグモ……」

「こんなところまでリアルにしなくていいのになぁ！」

「モグ」

嬉し過ぎて、変なテンションになってしまった。リアルなタラを持ち上げて見せると、ドリモが嫌そうな顔をする。冷静沈着キャラのドリモにも、苦手なものがあったらしい。

しかも、さらに俺のテンションを上げる獲物が連続でかかる。

「うぉぉ？　重い！　重いぞっ！」

グングンという引きに抵抗しつつ、俺はひたすらにリールを巻いた。

「モグモモモ！」

「クマママー！」

「二人の竿にかかったのも、かなり重そうだな」

俺と同時に、モンスたちの竿にも魚がかかったらしい。三人で騒ぎつつ、格闘すること三分。ゲームの釣りにしてはかなり長い時間が経過した頃、ようやく獲物が海面に姿を現す。

「これ、リュウグウノツカイか？　すっげー！　ちょ、ドリモが釣ったのはオウムガイじゃんか！

クママのはデメニギス？」

「モグー！」

「クマー！」

煌《きら》びやかな巨大深海魚リュウグウノツカイに、丸っこい殻が特徴的なオウムガイ。そして、頭がスケスケ状態で巨大な眼球が見える奇魚デメニギス。珍しい深海生物のオンパレードだった。

「リュウグウノツカイは、ケースに……入った！」

特大ケースでギリギリだった。リュウグウノツカイは泳ぐこともせず、体を少し折った状態でケースの中に漂っている。オウムガイとデメニギスも、ケースに入れると大人しくなっていた。少しちゃっちい感じのプラケースの中に深海魚がいる光景は、なかなかシュールだ。普通、ザリガニとか昆虫を入れるタイプのケースだし。

「ふー、獲物はこれで十分かな？　もうだいぶ遅いし、村に戻ろう」

「フム！」

「ペペン！」

ただ、この時の俺は気付いていてはいなかった。

この後に待ち受けている悲劇に……。

「魚拓にした魚、消えるんだったぁ！」

そうなのだ。リアルと違い、このイベントでは魚拓を取った魚が何故《なぜ》か消滅してしまうのである。

「俺の魚拓は、魚の全てを写し取るからな！」

なんか、ゲーム的というか、魔法的な設定があるせいであるらしい。せっかくのリュウグウノツカイが、俺の目の前で消滅してしまった。一匹しか釣れていなかったのに！

「でも、もう釣りは飽きたし……」

非常に残念ではあるが、リュウグウノツカイを再度釣る気力は残っていなかった。最終日までにやる気が出たら、再度チャレンジしてみよう。図鑑には登録できたしね。

「いいんだ、俺にはシーラカンスさんがいるからな」

リュウグウノツカイも確かにレアで凄いけど、ロマン度ではシーラカンスさんの勝ちだ。だから、シーラカンスさんがいればいいんだ！

そう言い聞かせて自分を慰めていたら、お爺さんが近寄ってきた。

「ほれ、こいつが魚拓のお礼だ。ほほう？」

何やら俺のことをジーッと見ているな？　頭のてっぺんからつま先まで。値踏みするようなっていうのは、まさにこういう視線のことをいうのだろう。

「お前さん、化石とオウムガイを持ってるな？　古代にロマンを感じるタイプか？　だったら、よい事を教えてやる」

真魚拓作製セットというアイテムを俺に渡しながら、魚拓爺さんが語り始めた。やはりここのミニゲームにも情報が隠されていたようだ。トリガーは化石とオウムガイだろう。そういえば、オウムガイは生きた化石とか呼ばれてるんだったな。

「実はな、この島から北東に行った場所に、古《いにしえ》の生物が生き残った島があるのさ。そこに行けば、色々な古代生物に出会えるだろう」

うん、もう知ってた。

「そこの島では、幻の古代深海魚、シーラカンスが釣れるって話だ。俺も、ぜひシーラカンスの魚拓を取ってみたいもんだぜ！」

魚拓爺さんがそう言った直後だった。シーラカンスを渡すかどうかの選択肢が現れる。

ＲＰＧなどでたまにある、キーアイテムをすでにゲットした状態でイベントが発生する現象だ。お使いクエストで入手を頼まれるアイテムを最初から持ってるとか、あるあるだよね。

俺は迷わずＹｅｓを選ぶ。もう何匹か捕まえてあるし、構わないのだ。

すると、魚拓爺さんが大喜びで、俺の手を握ってきた。

「旅人よ！　感謝するぞ！　これはほんのお礼だ！」

一万イベトか……。まあ、悪くはないだろう。俺は報酬を確認するが、お爺さんの話はまだ終わりではなかった。

「だがな、あの島で最大の魚は、こいつではないらしいんだ」

「え？　そうなんですか？」

実は、図鑑で気になっていたことがあった。魚のページなんだが、シーラカンスが最後ではなかったのだ。その後ろにもう一枠、埋まらない場所があったのである。

並び的には、空いた枠の前にはアンモナイトやシーラカンスが掲載されており、古代の島の魚介類が図鑑のラストを埋めることは間違いない。

それが、お爺さんの言う古代の島で一番巨大な魚ってことなんだろう。しかし、次の情報が俺を絶望の底に叩き落とす。

「うむ。滝の下にある巨大な湖。その中には、シーラカンスをさらに超える巨体を持った、古代魚が生息しているという噂がある！」

いや、無理無理！　だって、あの湖にはボスであるモササウルスが生息しているのだ。近づいただけでガブリンチョである。隙を見て釣るとかも不可能だろう。

俺がそのことを告げると、魚拓爺さんが新たな情報を教えてくれた。

「北の漁村に、その魚を釣り上げたという伝説の漁師がおる。尋ねれば、何かヒントが得られるかもしれんぞ」

伝説の漁師。これまた男心をくすぐる単語である。ただ、ちょっと怖い。伝説の猟師なんて、絶対に偏屈で怖いおじいちゃんだと相場は決まってるのだ。

「でも、図鑑のためだもんな……」

勇気を出して、偏屈爺さん（仮）に会いにいこう！

沈没船のことも調べなきゃいけないし、忙しくなってきた！

「このまま北の漁村を目指すぞ！」

「フムー！」

「ペペン！」

南の漁村で買い物や転移陣の登録を済ませた俺たちは、北の漁村を目指す。

歩いている内に、夜の帳《とばり》が降りてしまっていた。

「敵が少し強くなったな！」

「ムー！」

「この辺から、島の北部エリアってことか。みんな、気を抜くなよ？」

夜はモンスターが強くなるが、この辺りに出現するモンスターであれば俺たちでも対処可能だ。ポーションなどの補充も済ませたし、全滅はしないだろう。少し強行軍ではあるが、今日中に北の漁村に到着したかったのである。

お爺さんに場所もしっかり聞いているし、普通に進めば問題なく北の漁村に到着できていたはずなんだけどね……。

それは、北の漁村まであと半分程度というところであった。

「スケルトンがメッチャ湧くんだけど、なんでだ？」

「モグモ！」

「クックマー！」

急に霧が立ち込めたかと思うと、大量のスケルトンに囲まれてしまっていたのだ。

名称は、スケルトン・パイレーツとなっている。海賊の名前の通り、頭には赤いバンダナを巻き、手にはカットラスを握っていた。

あまり強くはないんだが、とにかく数が多い。というか、無限湧きか？　倒しても倒しても出現するんだけど。

「うーむ、どうするか」

「モグ！」

「クマ！」

引き返すかどうか悩んでいたんだが、ドリモもクママもやる気だ。シャドーボクシングをしながら、アピールしてくる。このままやっちまおうというアピールなのだろう。

「よし！　行っちまうか！」

「モグモ！」

「クマー！」

たまには少し無茶するのだって、ゲームの醍醐味なのだ。

「みんな、強行突破する！」

「フマ！」

「フム！」

「ペルカ！　ペンギン・ハイウェイで蹴散らせ！」

「ペペーン！」

俺の指示に従い、ペルカが一気に飛び出した。夜の闇の中で使うと、メッチャ輝いて見えるんだな。

青い光を纏うペルカキャノンが、スケルトンたちを弾《はじ》き飛ばしながら道を切り開いてくれる。攻撃力自体はそこまで高くないのでスケルトンを倒すことはできないものの、吹き飛ばしの効果は絶大なのだ。

俺たちはペルカがこじ開けてくれた突破口を駆け抜け、なんとか包囲を脱出していた。だが、周辺はまだ白い霧に包まれたままである。

濃い霧の向こうからは、骨の鳴る軽い音が無数に響いていた。しかも、段々とこっちに近づいてきている。

明らかに俺たちを追ってきていた。

「カタカタカタ！」

「うぉー！　走れ走れ！」

「ムムー！」

追ってくるスケルトンから走って逃げること数分。

「やっと、逃げ切った、か？」

「フマー」

やべー、息苦しい！　だが、ようやくスケルトンどもを振り切ったぞ。どうやら霧の外までは追ってこないらしかった。

スケルトンたちは急に足を止めると、霧の中へと引き返していったのだ。

「ふぅぅぅ……。危なかったぜ。にしても、こんな情報なかったけどな……」

出現モンスターの中に死霊系がいるという情報もなかったし、霧が発生するという情報もなかった。

明らかに何らかのイベントだろう。

その後、俺たちはこの周辺を探索しながら歩き回ってみた。そして、霧がある一定の場所を覆っていることを突き止めたのである。

「なるほど、西の海岸の方か」

このイベント島は、大雑把にいうと頂点を南に向けた五角形をしている。まあ、湾や岬などもあるし、あくまでも近いのが五角形というだけだが。

バザールがあるのは中央からやや東寄り。さっきまでいた南の漁村は、五角形でいえば南西の辺の中央くらいに位置する。北の漁村は、北西の頂点のあたりだろう。

そして俺たちが先ほどまでいた場所は、南と北の漁村のちょうど中間あたりであった。霧の発生源は、最西端の頂点あたりが怪しい。

アリッサさんからもらった情報によると、西には目立った場所が何もないという。砂浜などもなく、岩場と平原が広がっているだけであるそうだ。

それだけ何もないと、逆に怪しいよな。

「スケルトンも弱いし、とりあえず霧の中心を目指してみるか」

「フム！」

「ペペン！」

一度村に戻った方がいい気がするけど、この霧の発生条件もよく分かっていないからね。ここで逃して、また同じことが起きるかもわからないのだ。

「よし！　クママ、ドリモ！　頼むぞ！　戦いながら進むことになるからな！」

「クマッ！」

「モグッ！」

俺の言葉に、クママとドリモが力瘤《ちからこぶ》ポーズで応えてくれる。その後、ボディビルダーのようなポーズで任せとけアピールだ。なんて言ったっけ？　クママのがサイドチェストで、ドリモのがダブルバイセップスだったか？　頼もしくて可愛《かわい》い。略してタノカワだ。

そして、俺たちはタノカワコンビを先頭に、再度白い霧の中へと突入した。

「カタカタカタ！」

「カタタッ！」

「モグモー！」

「クックマー！」

群がってくるスケルトンたちをちぎっては投げ、ちぎっては投げ、霧の中を割って進む。これで経験値がウッハウハだったらモチベーションも上がるんだが、このスケルトンたちは全く美味しい相手ではなかった。

これだけ倒しているのに誰のレベルも上がらないし、一体につき一イベトしかもらえない。しかも、ドロップもなしなのだ。これだったら、適当に弱いイベントモンスターを狩っている方が数段実入りがいいだろう。

だが、不毛な戦いにもようやく終止符が打たれる。二〇分ほど戦い続けた俺たちは、ついに霧を抜けることに成功していたのだ。

耳には、ザザーンという波の音が微《かす》かに聞こえている。海岸線近くまで辿り着いたらしい。

それだけではない。

「あそこ、村か……？」

「フマ？」

「ムー」

俺たちの視線の先には、月明かりに照らされる小さな村があった。灯《ともしび》が一切焚かれていないようで、月が出ていなければ気付けなかっただろう。

あれもまた、新発見の場所だ。

「アイネ、空から様子を探ってもらえるか？」

「フマ！」

情報にない村なわけだし、ここは慎重に行くとしよう。

アイネを待つ間、皆で村の周囲を軽く歩いてみる。だが、モンスターもいなければ、アイテムの採取もできない。

完全にイベント進行中かな？

やはり、岩礁で出会った幽霊船員関係だろうか？　幽霊とスケルトン。一応、どっちもアンデッドだし。ああ、あとは海賊繋がり？

岩礁で幽霊と出会うことが、白い霧の発生のトリガーになっている可能性は高そうだ。

考察をしている内に、アイネが戻ってきた。

「フママ！」

「どうだった？」

「フマ……」

どうやらめぼしい物は発見できなかったらしい。少なくとも、動く存在は認識できなかったようだ。

これでは、住民が寝ているだけなのか、ゴーストタウン的な物なのかもわからない。

「仕方ない。踏み込むしかないか」

「ム！」

「モグ！」

俺たちは隊列を組んで、ゆっくりと村へと近づいた。

入り口の門は開いているが、門番などはいない。

これだけなら住民が寝静まっているだけとも思えるが、街灯の類いも一切ないのはおかしい気がする。それに、ＮＰＣショップもない。

他の漁村では、村の中にランプなどが吊るされていたし、ＮＰＣショップはゲーム的ご都合主義により深夜でも利用できた。それがないということは――？

「家に不法侵入するわけにもいかんし……」

「ム！」

「どうした？」

「ムッムー！」

オルトが何かを発見したらしい。さすが暗闇でも見えるノーム。こういう時は頼りになるのだ。

オルトに導かれるように数十メートルほど進むと、そこは村の中央広場であるようだ。そして、異様な物が俺たちの目に入ってくる。

「うわ、どう見てもボスじゃねーか」

そこにいたのは、巨大なゾンビだった。二メートルを超える身長に、皮膚が腐り落ちたことでより主張するピンク色の筋肉。ちょっと取れそうな右目。メチャクチャ気色悪いし、不気味だ。

手には、反りの大きい剣を握っている。シミターとかシャムシールと呼ばれるタイプの武器だろう。

「ここまできて引き返すことなんかできんし。覚悟を決めるしかないか」

「ペン！」

「フム！」

「恐竜にだって勝ったんだ！　ゾンビくらいにビビっちゃいられないぜ！」

俺たちが広場に踏み込むと、即座に巨漢ゾンビに反応があった。

赤いマーカーが出て、戦闘開始である。

「名前はゾンビの副船長……」

船長じゃないのか。つまり、ここでイベントは終わらない？　まあ、倒せばわかるだろう。

「俺たちに倒せたらだけどなぁ！　ドリモ、クママは左右から攻撃を！　オルトは俺たち後衛を守ってくれ！」

ペルカは俺と一緒に後ろからチクチク攻撃。ルフレ、アイネは補助である。

「ゴガアアァァァァ！」

ゾンビの副船長が、腐った目で俺を見つめながら咆《ほ》えた。

「こ、怖っ！　だが、ティラノさん程じゃない！　みんな、頑張るぞ！」

「クックマ！」

「モグー！」

そうだ、巨大な恐竜たちと互角にやりあった俺たちからすれば、ちょっとデカイだけのゾンビなんざ——。

「ゴアアアアアアアアアア！」

「う……」

いや、やっぱ怖いな！　恐竜とはベクトルが違う怖さだよ！　モンスターパニックと、オカルトホラーだもん！　ジャンルが違う！

だが、それでも俺たちは勇敢に戦った。というか、ビビっているのは俺だけで、モンスたちは普通に戦っていたのだ。

オルトが巨大なシミターをクワで受け止め、クママ、ドリモが左右から攻撃を行い、ペルカが隙を見て一撃離脱を加える。ルフレの回復と、アイネの支援も完璧だ。

俺？　俺は心の中でみんなを応援してたよ？　ゾンビの咆哮《ほうこう》スキルのせいで途中で麻痺しちゃったからね！

ただ、俺が参加せずとも楽勝なくらい、ゾンビは弱かった。完全に見掛け倒しだ。

一番肝が冷えたのは、ゾンビのライフが半分削れて、周囲の家々からスケルトンが大量に湧き始めた時かな？

だが、それを無視して攻撃を続けたうちのモンスたちにより、驚くほど速くゾンビは倒されていた。所要時間三分くらいかな？

「で、これか」

「ありがとう……。俺たちを縛っていた後悔が晴れたよ……」

半透明の幽霊が現れて、静かに語り始めた。多分、副船長の生前の姿なんだろう。

身長もだいぶ縮んだうえに金髪碧眼のイケメンだから、本当にあのゾンビと同一人物かは分からんけどね。

周囲にも、大きな変化が現れていた。いつの間にか、村が完全に消滅している。代わりに、朽ち果てた墓石らしきものが立ち並ぶ、西洋風の墓地に変わっていたのだ。

どの墓石もボロボロに崩れ、名前や没年を読むことも難しい。海風のせいで、風化が早いのかもしれない。

そんな墓地の中心で、男が語り続ける。

「船長たちは、怪我《けが》をして動けない俺たちを船から降ろして、あのクラゲの野郎に向かっていったんだ……。でも、船は帰ってこなかった。岬の先で、沈んだらしい……。なあ、俺たちに勝ったあんたらに、頼みがあるんだ……。今も海の底で苦しむ船長たちを、楽にしてやってくれないか？　頼む。もし断っても、俺たちを救ってくれた恩人なんだ。そのお礼はするよ」

ピロン！

「おっと、選択肢が出たな」

ここで、クエストを受けるかどうか選べるらしい。

依頼を受けると、沈没船の場所を教えてもらえて、断ると行けなくなるってこと？

ここで拒否するとか、ありえるか？　まあ、このボスで死にかけるようなレベルの場合は、それもありか。

でも、沈没船だよ？　そりゃあ、行くに決まってるでしょ！

「受けます」

「おお……。ありがとう。では、これを持って行くといい……」

幽霊がピカッと光って消え、俺のインベントリにいくつかのアイテムが追加されていた。

一つが、古びた地図。このイベント島が描かれているようだ。バツ印が付けられた場所に、沈没船が眠っているのだろう。

それと、空気の球というアイテムが手に入っていた。使うと、パーティメンバーを空気が包み、短時間水中での行動が可能になるというアイテムだ。これで沈没船に向かえってことなんだろう。

「お、どうやらセーフティエリアになったみたいだな」

墓地がセーフティエリアに変化したらしい。これで休憩もできるんだが、深夜の墓地で寝るのは微妙じゃね？　だが、もう制限時間だからな。転移陣もないし、仕方ないだろう。

「沈没船とか北の漁村は明日だな。みんな、おやすみー」

「ムムー」

イベント五日目。

「目覚めたが……やっぱり墓地か」

廃村が消え、その跡に出現した墓地。そこで一夜を明かした俺は、当然のことながら墓地で目を覚ましていた。

最悪――でもない。

「夜は気が付かなかったが、意外に爽やかな場所だな」

朽ちかけた西洋風の墓石はちょっと趣《おもむき》があるように思えるし、周囲には可愛いシロツメクサが一面に咲いている。

それに、海に面した小高い丘になっており、吹き寄せる海風が気持ち良かった。そんな場所でモンスたちと食べる朝食も、中々に悪くない。いや、墓地なんだけどね。

「さて、地図によると、このまま北上すると北の漁村があって、その手前に小さな岬ね」

「ム」

「沈没船は、その岬の少し先に沈んでいるらしい」

オルトと一緒に地図を覗き込んで、沈没船の場所に目星を付ける。すぐ行けそうな気もするが、沈没船というからには海の底だろう。空気の球を使って突入した場合、簡単に戻ってこられるかどうかわからなかった。となると、先に漁村だろう。用事を済ませておきたい。

墓地から北の漁村は、本当に直《す》ぐだった。昨晩は足元が暗かったうえにスケルトンに邪魔されて、余り進めなかったのだ。こんなに近かったんだな。

「えーっと、この村で回りたい場所は……。伝説の漁師とミニゲームか」

最初にミニゲームに行った方がいいかな？　時間がかかるかもしれないし。

目指すのは、村の奥にある花屋さんだ。少し歩くと、結構目立つピンクの店があった。屋根も壁も、ピンクに塗られていた。

漁村の中で浮きまくっている。せめて、家の外観を他に合わせろよ。

中をのぞくと、色とりどりの花が売られている。

「あ、そうだ。先にホームに戻ってメンバー入れ替えるか」

花屋の横にある転移陣の石碑を見て、思い出した。ここのミニゲームに特化したメンバーの方が、絶対に良いだろう。

俺は村の入り口にある石碑に琥珀《こはく》をセットし、転移陣を解放した。

転移先をホームに指定して、起動する。

「ただいまー」

「――！」

「ヤヤー！」

「キキュ！」

「ヒム！」

「うぼぁー！」

こいつら、この前注意したのに、またもや飛び掛かってきおって！　みんなが俺にしがみ付いている。

まあ、寂しかったのだろう。そう思ったら可愛すぎて、しばらく遊んでしまった。だって、仕方ないじゃないか！　ウルウルした目で見つめられて、抗える者なんかいるわけがない！

皆が満足するまで遊んだ後、俺はパーティメンバーを入れ替えて再出発した。

連れて行くのは、オルト、サクラ、リック、ファウ、アイネ、ヒムカである。ミニゲームで活躍しそうなメンバーに加え、しばらく放っておいてしまったヒムカをチョイスした。

転移して、北の漁村に戻る。

「すみませーん」

「あ！　お客さんだっ！　いらっしゃいませ！」

花屋の中では、一〇歳くらいの赤毛の少女が店番をしていた。入ってきた俺たちを、元気いっぱいの声で出迎えてくれる。

カウンターに両肘を突き、両手で自分のほっぺをムギューッとしてふてくされている感じだったんだが、今は満面の笑みだ。鼻のあたりに残るソバカスと、左右に突き出たぶっとい三つ編みがいかにも元気少女ですという印象を与えている。

どっからどう見ても、遊びに行くところを親に捕まって、店番をお願いされてしまった残念お手伝い少女にしか見えない。暇で暇で仕方なかったが、ようやく客が来てくれて退屈から解放されたんだろう。

細かいキャラ設定まで瞬時に悟らせるリアルさ。さすがＬＪＯだぜ。

「ここで何か特別なことをやってるって聞いたんだけど？」

「なんだ、祖父《じい》ちゃんのお客さんかぁ……」

俺がミニゲームについて尋ねると、少女が分かりやすくしょんぼりしてしまった。

「あ、いや、それは――」

「祖父ちゃん！　お客さんだよー！」

言い訳させて！　だが、すでに少女は奥の扉を開けて、出て行ってしまった後だった。仕方なく、その後を追う。

「いらっしゃい。栞がほしいんかい？」

「え、ええ。そうです」

女の子の姿がない。代わりに、お爺さんが声をかけてきた。見覚えのある顔である。

化石屋や魚拓爺さんと同じ顔だった。ミニゲーム爺さんズの三人目だろう。

「じゃあ、まずはこの広場で、四葉のクローバーを探してもらおうかのう？　よりたくさん見付ければ、それだけ良い栞が作れるぞい」

ここでのミニゲームは、店の裏手にある原っぱでの四葉のクローバー探しだ。発見した数が多い程、高得点であるらしい。

このために、四葉を見つけるのが得意そうなメンバーを連れてきたのである。

「よっし！　みんな、頑張るぞ！」

「ムムー！」

オルトたちは、楽しそうに広場に散っていった。

さて、俺も探すかね。そう思って腰を屈めようとすると、サクラが俺に何かを差し出した。

「――♪」

「え？　もう？」

なんと、サクラが手に握っているクローバーは、四葉である。

「よく見付けたなー、凄いぞサクラ」

見つけた四葉のクローバーを、誇らしげに頭上に掲げるサクラ。その姿が可愛くて、俺は思わず頭を撫でてしまう。

「――♪」

「ムムー！」

「フママー！」

褒められるサクラを見て、皆のやる気スイッチがポチられたらしい。今まで以上に気合を入れた表情で、四葉を探し始める。

「キキュー！」

「ヤー！」

「ヒムヒムー！」

ファウとリックは、発見しても抜くのに手間取っているようだ。そこを、見つけるのが下手《へた》なヒムカに手伝ってもらっている。分業するのはいい手だろう。これは、かなりの成果が期待できそうだ。

このミニゲーム、農耕や採取、植物知識のスキルがあると、効率が上がることは分かっている。

実際、俺も少し歩くだけで、四葉のクローバーを発見できていた。近づくと、四葉が光って見えるのだ。

でも、ちょっと変だった。薄《うっす》らと光るって聞いていたんだが、見逃すなんてありえないぐらいに白い光が立ち昇っている。キラキラを通り越して、ギラギラだ。

「あ、もしかして植物学か？」

植物知識の上位スキルである植物学なら、この効果も納得できた。

「おー、これはマジで最高得点有り得るかも！」

俺は、気合を入れてクローバーを探していった。制限時間三〇分で発見した四葉は、パーティ全部で二一八個。

今までのベストスコアである二一四個を上回る成果である。まあ、ゲットできた景品は、変わらんかったけどね。一〇〇個以上は、いくら増えても景品が変わらないようだった。

もらえたのは、四葉の栞というアイテムだ。使用すると、三〇分間レアアイテムのドロップ率が大上昇するという効果である。

スコアによって、一〇分間微上昇、三〇分間微上昇、小上昇、中上昇、大上昇となるらしい。何度も挑戦したくなるが、栞を所持している間は再挑戦できないそうだ。残念。

でも、俺たちの真の目的はこのアイテムじゃないからな。

ミニゲーム終了後、お爺さんが俺に話しかけてくる。

「ほほう。お前さん、化石と真魚拓セットを持っておるな？」

ほら、始まった。

俺たちの狙い通り、花屋のお爺さんが様々な情報を語り出す。

北東の海に、古代の島があること。そこに行くための経路を巨大クラゲが塞いでしまい、今は行く手段が分からないということ。以前、クラゲをどうにかしようとした本島の南側にいた海賊たちが、クラゲに全滅させられたということ。

ほとんどがもう知っている情報だ。順当な進め方をしてきていれば、これで古代の島へと挑む最低限の準備が整ったって感じなんだろう。俺、絶対に攻略ルートがメチャクチャだよな。

ただ、知らない話もあった。

「これは先代から聞いた話なんじゃが、古代の島の中央に、巨大な花が咲くことがあるそうじゃよ」

「巨大な花……。ショクダイオオコンニャクのことですかね？」

「すまんな。どんな花かは分からん。儂も伝承を聞いただけなんじゃ」

数十年に一度開花するその巨花は、見るだけで幸せになれると言い伝えられているという。

「その花に辿り着くには危険な道を通らねばならん。儂が聞いたことがあるのは、海の魚を好物とする、背に巨大な帆を背負った肉食竜がいるという話じゃな」

背に帆？　スピノのことかな？　海の魚が好物か……。多分攻略に関係する情報だろう。海の魚で気を引けるとか、そういうことかもしれない。

「そうじゃ！　お主に耳寄りな情報を教えてやろう」

「なんです？」

「バザールで毎日開催されておるオークションで、時おり島に関するアイテムが出品されるらしいぞ？　その中には、古の地図なども含まれているそうじゃ」

そう言えば、夜にバザールでオークションが開催されてるって情報があったな。プレイヤー同士が消耗品のやり取りをするための場だと思っていたが、ＮＰＣの出品もあるらしい。

そこで、攻略に役立つアイテムが出品されるってことだろう。

しかも、爺さんの話はこれで終わらなかった。笑顔を引っ込めて、妙に感情を感じさせない真剣な顔で語り出す。一瞬カクッとした動きでフリーズしたような気がしたけど、気のせいだよな？　多分、シリアスさを醸《かも》し出すための演出なんだろう。

「花に辿り着けたとしても気を付けるんじゃ。花を狙う者がおる」

「狙う者？」

「悪魔じゃよ。開花してすぐに、巨大な花を狙ってやってくるじゃろう。その巨花は、悪魔が大嫌いな匂いを発しているそうじゃ。花を守るには、悪魔を倒すしかないが……。人の身では難しいじゃろうな」

「悪魔……」

「一説によると、古代の島で手に入る虹の石があれば、悪魔の力を弱めることがあるそうじゃ」

「虹の石……。アンモライトのことですか？」

「さてのう……。儂も詳しくは知らん。そういう伝承を聞いただけじゃからなぁ」

でも、アンモライトの事だとしか思えないよな。この情報、広めた方がいいか？　多分、最終日に悪魔が出現するってことだと思うんだが、確実にレイド戦になる。

だったら、俺以外の皆にも準備を進めてもらわないと大変なことになりそうだ。

掲示板に書き込むのが早いんだろうが、俺にはハードルが高い。やっぱ、早耳猫に持ち込むのがいいだろうな。

「だとすると、伝説の漁師さんと、沈没船の情報も集めてからの方がいいかもしれないな。古代の島に行くための方法が手に入るだろうし」

古代の島に渡る情報も一緒に広めることができれば、アンモライトをゲットできるプレイヤーの数も増えるはずなのだ。

とりあえず、ここでのイベントは終了かな？

花屋の店内に戻ると、少女がいつの間にか店番に戻っていた。

「さっきは案内ありがとうな」

「ううん！　私の仕事だから！　ねぇ、お店見てってよ！」

少女に促されるがままに、店内を物色する。その間、うちの子たちは女の子に構ってもらっていた。

「かわいい子たちだね！」

「キキュ！」

「ヤヤー！」

「きゃははは！　くすぐったいって！」

どっちも楽しそうでいい事だ。

店内には、アジサイやヒマワリなどの花が、切り花として売られている。その中には、俺がまだ登録していないトケイソウが交じっていた。ただ、鑑定しても図鑑には登録できない。

「うーん。まあ、そんな高くないし、買ってみるか。なあ、このトケイソウ一本もらえるか？」

「はーい！」

予想通り、購入したトケイソウを取り出して鑑定すると図鑑に登録することができた。

「よし、あとは伝説の漁師だな」

「ねぇねぇ！　お兄ちゃんは祖母《ばあ》ちゃんにも会いたいの？」

「祖母ちゃん？」

「うん。伝説の漁師に会いたいんでしょ？　うちの祖母ちゃんの事だよ！」

なんと、伝説の漁師もここの関係者だったらしい。しかも、女性でしたか！

「どこに行けば会えるかね？」

「お兄ちゃんはいい人だし、特別に教えてあげる！　祖母ちゃんなら、村の北外れにある岩場にいると思うよ！」

「おお、ありがとう。行ってみるよ」

「うん！」

もしかして、花を買わないとイベントが進まないパターンだったか？　偶然とはいえ、花を買った俺グッジョブ！

　少女に教えてもらった通り、村の北へと向かう。岩場と言われたが、想像以上に難所だ。岩はかなり巨大で、登るのにオルトの土魔術が必要だった。

　教えてもらわなければ、ここを探そうとは中々思わんかっただろう。

　その岩場を越えた先に、灰色の外套《がいとう》を身に纏った小柄な人間がいるのが見えた。細長い岩の突端に腰かけ、海に釣り糸を垂らしている。

　雰囲気あるぜ。

　驚かさないようにあえて音を立てて近づくと、その人物が軽く振り返る。

「こんな場所に、誰だい？」

　メチャクチャ迫力のあるお婆さんだった！　目力が半端ない。ギロリと睨まれた時には、何もしてないのに思わず「すみませんでしたー！」って謝りそうになってしまったのだ。

「あー、旅の者なんですが、ここに伝説の漁師さんがいると聞きまして」

「どこで聞いた？」

「南の漁村の、魚拓集めが趣味のお爺さんです」

「そうか、あいつの紹介か」

　言い訳するように魚拓爺さんのことを話したら、お婆さんの表情が少し緩んだ。

「だったら話を聞かねばならんだろうね。で、何が聞きたいんだい？」

　お爺さんとは友人同士だったのかな？　とりあえず話を聞いてもらえそうでよかった。

「古代の島にいる、巨大魚を釣り上げる方法を知りたいんです」

「ほう？　古代の島に行ったことがあるのか？」

「はい。巨大魚がいるっていう湖にも行ったんですけど、モササウルスを見て釣りは諦めました」

「なるほどねぇ。確かに、あそこでの釣りは危険だ。それでも釣り上げたいのかい？」

「はい！」

「ふむ……。いいだろう。それじゃあ、まずは下準備からだ。この村から少し南に行ったところに、大きな岩山がある。そこでは、極《ごく》まれに琥珀が採掘できるんだが、まずはそれを採ってきてもらおうか」

琥珀ね。もうあるけど、岩山の琥珀じゃなきゃだめなのか？

「おお、琥珀を持ってきたのかい」

ああ、やっぱり持ってる琥珀を渡せば、採取場所はどこでもよかったらしい。即座にイベントが進む。明らかなお使いクエストをショートカットできるのは楽でいいのだ。

渡す琥珀を選択するウィンドウが立ち上がったので、とりあえず一番品質が低いものを選んでみる。

ちょっとドキドキしたが、低品質品でも問題なかったようだ。

「よし、これで準備が進められるね」

お婆さんがウンウンと頷きながら、琥珀の使い道を説明してくれた。

「この琥珀を使って、餌を作るのさ。巨大魚にとって琥珀は好物だが、デカブツの水恐竜にとっては嫌な臭いになるらしい。琥珀の品質で変化するが、最低でも五分はイベントモサを近寄らせないで釣りができる」

「たった五分ですか……」

「もっと長い時間効果が続く餌を作りたけりゃ、もっといい琥珀を使うんだね」

そう言いつつ、何やら小袋を渡してくれる。琥珀餌の素というアイテムだ。

「そいつは、古代の島に棲《す》んでる巨大トンボと水から作るアイテムだ。それと琥珀を混ぜ合わせれば餌が作れる」

「おお！　ありがとうございます！」

「うむ、がんばれよ」

「はい！」

古代の島の巨大トンボは、メガネウラのことだろう。だったら俺でも作れそうだ。試しに、メガネウラのドロップアイテムであるメガネウラの標本を砕き、水と混ぜ合わせてみる。

すると、問題なく琥珀餌の素が作れた。これで補充はどうにかなりそうだ。あとは品質だろう。

村に戻って、広場の隅で軽く実験してみたが、古代の島の池の水が一番相性が良さそうだった。品質がかなり高くなったのだ。これに琥珀を砕いて調合すると、餌の完成である。

「琥珀餌か。古代の島に行く前にたくさん作っておこう」

ただ、その前に沈没船だ。

岬の先に沈んでいるという情報だけしかないからね。

「村で聞き込みをしていくか。新情報が分かるかもしれんし」

そう思って沈没船に関しての情報を集めると、興味深い話が聞けた。どうやら、岬の先といっても、陸上から近寄れるような距離ではないらしい。地図では岬のすぐ隣みたいに描かれているけど、実際はかなり距離があるようだった。マークの場所までいくのなら、船で行った方がいいと言われた。

となると、ルフレとペルカは連れてこないといけないだろう。

あのコンビ、船を引っ張る楽しさに目覚めてしまったらしいからな。連れて行かなかったとバレたら、絶対に拗《す》ねるのだ。

ということで、俺は一度ホームに戻ることにした。

「ただいまー」

「フムー！」

「ペペーン！」

「はいはい」

飛び付いてくるとわかっていれば、受け止めることもできる。俺は駆け寄ってくるモンスたちをガシッと受け止めては、ワシャワシャ撫でまくった。その後は軽く左右へどいてもらう。

「クマー！」

「ちょま、クママは――」

「クマッ！」

「ぐえ！」

軽いルフレたちであればともかく、クママの突進はさすがに無理でした。タックルを食らったアメフト選手のように、背後に倒れ込む。

「モグ」

「サンキュードリモ」

ドリモまで突進してこなくて本当によかった。それどころか、俺を助け起こしてくれる。大人ですな！　ドリモさん！

「さて、沈没船はどんな場所かね？」

パーティ選びなんだが、これが結構難しい。まず、絶対に必要なのがルフレとペルカの水コンビだ。

「ペペン！」

「フムー！」

「で、絶対に連れて行けそうにないのが……」

「ヒム！」

自分で手を上げるのが、シティボーイヒムカくんである。沈没船なんて、水中だし汚いしどんな生き物がいるかも分からんし、ヒムカにとっては最悪の場所だろう。

「だよな。ヒムカは留守番で」

「ヒムム！」

「あと、アイネも今回はお留守番かな」

「フ、フマ？」

「ちょ、そんなガーンって顔するなって！　罪悪感湧くだろ！」

だって、仕方ないじゃないか。沈没船なんてきっと狭いだろうし、その飛行能力をフルには活かせないと思うのだ。

「残りのメンバーは――」

「キキュー！」

「ヤー！」

俺が悩んでいたら何やらモンスたちが輪になりはじめた。どうした？　飽きたか？

だが、違っていた。

「ムームーム！」

オルトの掛け声で、皆が一斉に右手を前に突き出す。その姿は、完全にジャンケンをしているようにしか見えなかった。

覗き込むと、実際にジャンケンをしている。オルトやサクラはともかく、ドリモやリックも上手《うま》くジャンケンできていた。器用だ。

ただ、謎なのがクママである。そのポテッとしたヌイグルミハンドをただ突き出しているようにしか見えない。

グーなのか？　だとすると、クママとオルトの勝ちだろう。二人だけグーで、他の奴らがチョキなのだ。

そう思ったが、どうやら違うらしい。

「ムム！」

「クマー！」

みんなが、悔し気に嘆いて、再びジャンケンをし始めたのだ。あいこだったらしい。となると、クママはパーだったということだ。

「うむ。分からん」

それでもモンス同士では分かっているのだろう。数度あいこが続き、ついに決着がついた。

「ムムー！」

オルトが両手で頭を抱え、「オーマイガッ！」って感じで天を仰ぐ。毎回何をするにも全力で楽しそうだよね。

「モグ」

ドリモがオルトを慰めているが、その姿には妙な哀愁があった。そう。今回はオルトとドリモがお留守番となったのだ。

「あーもー、次は連れて行ってやるから！　そんな絶望すんなって」

「ム……？」

「約束するから」

「ム」

「なんだ？」

オルトがそっと手を伸ばしてくる。そして、自分の小指を俺の小指にそっと絡めた。

「あー、はいはい。ゆーびきーりげーんまーん」

「ムームーム、ムームムー」

この約束破ったら、後が怖そうだ。忘れないようにしよう。

色々あってパーティが決まったあと、俺は船に乗って海へと漕ぎ出していた。

勿論、沈没船を目指すためである。

「フムー！」

「ペペーン！」

相変わらずご機嫌な水中コンビに船を引っ張ってもらい、沈没船が沈んでいると思われるポイント付近までやってきた。すぐそこには、岬も見えている。

「この辺のはずだな……。ルフレ、ペルカ、海中を見てきてくれるか？」

「フム！」

「ペン！」

俺の言葉に敬礼で応えたルフレたちは、意気揚々と海中へと潜っていった。

俺たちも、波間に浮かびながら海中を覗き込んでみる。海は結構深くて、底が見通せない。濃紺の海が広がり、その先は深い闇だ。

美しくて楽しい場所だったはずの海が、不意に怖いものに思えた。ゲームだと分かっていても、まるで海の底に吸い込まれそうな感覚に襲われたのだ。それだけではない。今にも深い海の中から触手や未知の怪物が這い上がってきて、俺を引きずり込もうとしてくるかもしれないというおかしな妄想が頭の片隅をよぎっていた。

「キュ？」

「あ、いや。何でもないよ」

さすがＬＪＯ。海の綺麗さだけではなく、不気味さや恐ろしさまで再現しているとは！

その後、戻ってきた海中コンビに聞いても、沈没船は発見できなかったらしい。ポイントを数度変えて海中を調べてみたが、結局船を見つけることはできなかった。

「うーん。岬に行ってみるか」

「ヤー！」

「何かヒントがあるかもしれん」

「クマ！」

船からの探索に飽きていたのか、ファウとクママが大喜びだ。

沈没船の近くにある岬は、漁村では亡霊岬と呼ばれている。その名前の由来が――。

「ヴアァァ！」

「おひっぃい！　ゾンビィィ！」

「クマー！」

「た、助かったよクママ」

「クマ！」

この、奇襲してくるアンデッドモンスターたちにあった。左右の崖から這いあがってきたり、時には地面から飛び出してきたりする。幽霊系モンスターがいきなり現れ、毎回奇襲を狙ってくるのだ。

「カッタカター！」

「またか！」

「クックマー！」

弱いから瞬殺なんだが、とにかく心臓に悪かった。

運営、確実に脅《おど》かす目的に全振りしてやがる。肝試し代わりってことなのか？

「昼間だからまだましだけど……。夜だったら怖すぎだろう」

「クマ！」

「クママが守ってくれるってことか？　ありがとうな」

「クマー」

「ヤー！」

「ファウも守ってくれるんだな？　頼む頼む」

「ヤ！」

俺の髪を引っ張ってアピールしてくるファウをツンツン突《つつ》くと、楽しそうに笑っている。

そうやって時おり悲鳴を上げながらも先へ進むと、あっと言う間に岬の突端だ。

全方位に海が広がる、圧倒的な開放感。上も下も蒼い。

「うーん、気持ちいいなぁ！」

「――♪」

サクラも風に煽《あお》られる髪を軽く押さえながら、水平線を眺めている。いやー、絵になるね。

「にしても、何も起きんな」

「ヤー？」

「キュー？」

「ここに来たらイベントが起きると思ってたんだが……。皆も何かないか探してくれ」

「クックマ！」

「フム！」

そうして、全員で岬の探索を始めたんだが。突端部分は幅五メートル程度しかなく、すぐに終了してしまう。

ひっそりと墓石が埋まっていたりもしないし、イベント幽霊が現れたりもしないのだ。

「うーん……？　崖に何かあったり？　それとも、下に降りなきゃダメか？」

崖から下を覗いてみると、岬の下には一応磯っぽい岩場がある。降りることはできそうだ。

アンデッドが上ってくるってことは、プレイヤーも降りられるってことだろう。

「キュー？」

「いや、上に何もないなら崖かと思ってさ。リックとファウ、少し見てきてくれないか？」

「ヤー！」

「キュー！」

ファウはともかく、崖を高速で駆け下りるリックはちょっと肝が冷えるな。リスだから大丈夫だと分かっていても、落ちちゃわないかヒヤヒヤするのだ。

それから五分ほど経過しただろうか。やはり何も発見できない。

俺が探索を諦めて、岬からの景色を堪能し始めた直後だった。

「ヤヤー！」

ファウが文字通り俺に向かって飛び込んできた。そして、ロープをグイグイと引っ張る。この反応、何かを発見したらしい。

ファウに引っ張られるがままに、首だけを出して下を覗き込んでみる。だが、何も見えない。ファウがもっとよく見ろとばかりにさらに引っ張るんだが……。

「まてまて！　これ以上引っ張ったら落ちちゃうから！」

「ヤヤー！」

「もっと下？　あ、あのリックがいる場所か？」

「ヤ！」

よく見ると、崖の途中でリックが手を振っているのが見えた。蔦《つた》などの植物が生え、ちょっとだけ棚のようになっている場所だ。

「リックー！　そこに何がある？」

「キッキュー！」

「おお？　まじか」

俺の呼びかけを聞いたリックが、蔦を捲《めく》って見せてくれる。なんと、蔦の下には大きな穴が空いていた。

船からだと、蔦と岩が邪魔をして見えないのだろう。まさかあんな場所に洞窟があるとは思ってもみなかった。

「よし、降りるぞ。サクラ、頼む」

「――♪」

サクラの蔦を手近な岩に結んで命綱にして、俺は岬の崖を降りていった。

近づいてみると、洞窟がかなり巨大であることが分かる。入り口は三メートルくらい。中はさらに広いだろう。

草を掻《か》き分けて、中をのぞく。

「うーん、下の方に続いてるのか……？　リック先頭を頼む！　重要な任務だぞ！」

「キュ！」

綺麗な敬礼をビシッときめ、リックが穴の中へと突入していく。

「リック、あまり急がないでいいぞ。慎重に慎重に」

「キュ」

リックの後について少しずつ洞窟を進む。

「螺旋《らせん》状になってるんだな」

洞窟内は湿ってヌルヌルとしており、かなり歩きづらい。まるでスケートリンクかってくらいに滑る。リックはよくあんなダッシュできるな。モンスターが出ないことが救いだろう。もしここで戦闘になったら、俺はその場から動かないで魔術を放つくらいしかやれないのだ。

まあ、採掘や採取もできんけどね。

「結構降りてきたと思うんだが……」

「キキュ！」

「どうしたリック！」

「キュー！」

やや先行していたリックの、甲高い声が聞こえた。慌てて後を追う。いや、滑って走れないから、壁に手を当てて支えつつ、へっぴり腰で小走りだけど。

ついにモンスターが出現したのかと思ったが、そうではなかった。

「行き止まり――じゃなくて、ここから先は水中かよ」

「キュー」

リックが指差す先は、直径二メートルほどの大きな水たまりになっている。行き止まりなのか？

水たまりに首を突っ込んで覗き込むと、先に繋がっているようだった。明らかに、先へと続いている。

「ぶはっ！　先が分からないの、超怖いな」

空気の球があるから息はどうにかなるが……。

「とりあえず、ルフレとペルカに偵察してもらおう。二人とも、この先に何があるのか、確かめてきてくれ」

「フム！」

「ペペン！」

二人が勢いよく水たまりに飛び込んでいくのを見送った俺たちは、その場で座り込んで休憩をすることにした。周囲には採掘ポイントもないし、やることがないのである。

この場所は少し開けた状態なので、腰を下ろすくらいはできるのだ。

「キュ」

「ヤー」

「クマー」

「よくここでぐっすり寝れるな……」

リックとファウは、俺の膝の上で団子になってお昼寝である。

クママは俺の隣にポテッと座り、俺の肩に頭を乗せていた。電車の居眠り親父。もしくは映画館のカップル状態だ。

サクラは逆側に女の子座りをして、木工の作業をしている。

「――」

その真剣な眼差しは、まるで高名な仏師のようだ。サクラのこんな表情は中々珍しい。

まあ、彫っているのは持ち手の頭がうちのモンスたちになっている、木製のスプーンだけど。サクラ印に新商品が追加されそうだね。

そうして一〇分ほど待っていると、やや興奮気味の水中コンビが戻ってきた。

「フッムムー！」

「ぺぺーン！」

水から上がった二人が、テンション高めに俺の下に走ってくる。

「ちょ、ビッショビショの状態で抱き付くの禁止！」

「フムー！」

「ぺぺーン！」

「ち、近くでブルブルすんな！」

俺の目の前で体を揺すって、水を飛ばすの禁止！　というか、俺と一緒にいた他の子たちも被害を受けている。

「ヤヤー！」

「フムー……」

「キッキュー！」

「ペーン……」

「――」

ちびっ子コンビに叱られているルフレたちを、サクラがやんわりと庇《かば》っていた。まあ、これだけ怒られれば反省もするだろう。

というかリックよ。お前、人のこと怒れんからな？　古代の池でのこと、忘れんぞ？

「それで、何かあったのか？」

「フムッ！」

「ペペン！」

俺の言葉を聞いた二人が、勢いよく俺に迫ってきた。

俺の前でピョンピョン跳ねながら、しきりに水たまりを指さしている。

「おーおー、そのハイテンション。何か凄い物でも見つけたっぽいな。ルフレ、ペルカ。この先はどうなってた？」

「フム？　フムムー！」

「ペペン！」

二人は興奮した様子で、この先について教えてくれた。身振り手振りでかなり時間はかかったが、だいたい理解できたと思う。

幾つか枝分かれした洞窟を抜けると、そこに沈没船が存在しているらしい。やはりここが正解のルートだったか。

「じゃあ、道案内は頼む」

「フム！」

「ペン！」

俺たちは二人を先頭に、水没通路へと突入した。

空気の球を発動させると、全員の顔に空気の球が纏わりつく。

無色透明の金魚鉢を、頭からかぶっているようなイメージ？　ともかく、顔の周りだけ水が弾かれ、呼吸も会話も可能だった。

「ほほー、こりゃあ綺麗だ」

「――♪」

そこは、水中に沈んだ鍾乳洞である。

水の透明度が高く、泳いでいるとまるで宙を飛んでいるような感覚さえあった。顔周りが空気で覆われているせいで、なおさらそう感じるのだろう。

また、光にも困らない。光源がどこにあるのか分からない不思議な青白い光が、周囲を照らしていたのだ。

どうやら俺たちが水を掻くと、それに反応して水が微かに光っているようだ。よく観察してみると、小さな生物が水中を漂っているのが分かった。

鑑定すると、図鑑に登録される。

「夜光虫か」

リアルの夜光虫はもっと小さく、一匹一匹の放つ光も弱かったと思うが、そこはゲームだからね。

とりあえず採取ケースをその場で出してみると、夜光虫入りの水が採取できた。小さい金魚鉢にでも入れたら、夜は綺麗かもしれん。

そんな夜光虫のおかげで、周囲の景色はバッチリと確認することができた。

天井だけではなく、地面からも青白い鍾乳石が無数に突き出し、まるで巨大な生物の口の中のようでもある。

だが、怖さはなく、鍾乳石と夜光虫の組み合わせはただただ不思議で幻想的だった。

ルフレたちのおかげで迷うこともなく、普通に水中散歩を楽しんでしまったぜ。

「お、先から光が漏れているけど、もしかして出口か？」

「フム！」

「うわっ！　無理に引っ張るなって！」

「ペーペン！」

「――♪」

洞窟の突き当たりというわけではなく、抜けた先に何かがあるらしい。急《せ》かすルフレたちに手を引かれ、俺たちは凄い勢いで鍾乳洞を進む。

高速で流れる水中鍾乳洞は、それはそれで美しい。だが、その先にあったのは、さらに息をのむド迫力の光景だった。

「ペペーン！」

「フムー！」

「こ、こりゃあ凄い」

カリブ海を舞台にした海賊物語とか、それ系統の作品に登場する木製の巨大な帆船が、暗い海底に横たわっていたのだ。横倒しというほどではないが、三〇度くらい傾いている。

周囲は完全な暗闇ではない。ほんの僅かに、日の光が届いている設定なのだろうか？

そこは、薄暮の世界であった。

船の周囲には珊瑚《さんご》が大量に張り付き、沈んでからの年月の長さを物語っている。

「間違いない。沈没船発見だ！」

「ペン！」

「フムー！」

ペルカたちに手を引かれながら、沈んでいる木造船へと近づく。

「デカい穴が開いてるな」

船の甲板側へと回ってみるが、出入り口は珊瑚に塞がれて使えなかった。オブジェクト扱いなのか、破壊もできない。その後も船の周囲を探索したが、出入りできそうなのは船腹の穴だけだろう。

「よし、あそこから中に入るぞ」

「ペペン！」

「フムム！」

水中コンビを先頭に、俺たちは沈没船の中へと侵入する。

すると、驚くべきことに内部には空気があった。

不思議な力で、水が入ってこないようになっているらしい。手を穴から外に出すと、そこだけが水に濡れる。しかし、船内に引っ込めると一瞬で乾くのだ。

「これなら戦い易そうだな」

「クマ！」

「頼むぞクママ。どうせここも――」

「ヴアアアァァァ！」

「ひぃぃぃ！」

「クックマ！」

だと思ったよ！　天井から急にゾンビが顔を出しやがったのだ。ここもやはり肝試し続行中なのだろう。

逆さまだったせいでこっちを攻撃する余裕もなく、クママに倒された。間抜けな姿だが、こんな奇襲が続いたら、俺の心臓が持たんぞ？　バイタル異常で強制ログアウトとかされんだろうな？

「い、いくぞ。みんな」

「――！」

「クマ！」

「あ、先頭はクママで。サクラは俺を守ってね？」

「――！」

うちの子たちのサムズアップは、メチャクチャ頼もしいね！

こうして沈没船探索が始まったんだが、ここがもう酷かった。

「ヴアアアァァ！」

「ぎゃー！」

「ヴァヴァー！」

「ひぃー！」

亡霊岬以上に、脅かすことに全力なのだ。

ダッシュするゾンビが角を曲がって登場したり、床下から足首を掴《つか》まれたり。

悲鳴を上げない訳にはいかんだろ？

むしろ、壁をぶち破って現れたくらいじゃ、もう驚かなくなってきた。

だがね、本当の恐怖はその後にやってきたのである。

「うぇ……。なんじゃこりゃ」

イベントに関連してるっぽい、「裏切り者めぇ！」と呻き続けるゴーストが落とした鍵。それを使って開けた扉の先は、まさに惨劇が起こった現場という感じであった。

ベッドに突き刺さった巨大な斧と、部屋中に飛び散った枕の中身の羽毛と、血痕。そして、部屋の中央に倒れた、男性の骨。

超絶リアルでスプラッターな、殺人現場だった。

多分、アンデッドへのフィルターを掛けていれば、もっと大人し目に見えるんだろう。

思わずフィルターを掛けちゃおうかと思ったけど、それだと負けた気がしてしまった。誰にって？

運営にだよ！

結局、俺は恐怖に耐えながら、血がブッシャーッとなった部屋の中を探索した。

「キュー？」

「ヤー？」

「お、お前ら、よくそんな無造作に布団捲れるな！」

「――？」

「クマ？」

「君らも、骸骨《がいこつ》をそんながっつり持ち上げちゃって……」

モンスたちにはスプラッターの概念がないんだろうか？　普通に家探《やさが》しをしている。

そりゃあ、俺だってちょっとワクワクする気持ちはあるんだよ？

沈没船の中をモンスたちと歩いているだけで、少年が主人公の冒険映画の中に入り込んだかのような、不思議な高揚感がある。

ワクワクからのホラー。そして謎解きに宝探し。もう気持ちがグッチャグチャである。

どうやらこの船では、スプラッタホラーと謎解きサスペンスに、冒険アドベンチャーが組み合わさっているらしい。夏休みに放映しがちな映画全部盛りだ。

「――――！」

「お、これはもしかして日記か？　でかしたサクラ！」

サクラがチェストの中から見つけた本を、受け取る。

これまた表紙にベッタリと赤い何かが付着した、呪いのアイテムじみた姿だ。開いてみると、日記のようだった。書かれている字は全く読めんが、翻訳されたものが浮かび上がるので、問題なく解読できた。

内容としては、裏切り者による凶行の末、仲間たちが殺された的なことが書かれている。クラゲに沈められるなら、最後にハッチャケて死んでやろうというアホが一人いたらしい。

しかも、そいつは船長に殺された後も、ゴーストとなって船の仲間たちを襲い続けたそうだ。

「えーっと、あの裏切り者を倒す手段を見つけた。これで船に平和が戻る？」

そう書かれた次のページをめくると――。

「うげっ！　古典的な……」

ページが真っ赤に染まり、読むことができない。明らかに日記書いてる途中でやられてるじゃん。

その後は、弱いくせにガンガン脅かしにくるゾンビ、スケルトン、ゴーストを蹴散らしながら、船内を駆けずり回った。

途中からは慣れてきて、全然驚かなくなってしまったのだ。リアルのオバケ屋敷ではもう驚けそうもない。

「後は、この十字架を持って船長室に行けばいいのかね？」

唯一の女性船員だったという船医さんの部屋で、箱に入った銀でできたロザリオを手に入れた。

一応、これがキーアイテムであるらしい。他の部屋がボロボロなのに、船医の部屋だけは綺麗だったことからも、このロザリオが効果があるのは確かだろう。

そうして、船長の部屋で裏切り者のゴーストと戦ったが、こいつが意外に強かった。物理に強く、念動などで見えない攻撃をしてくるのだ。

まあ、ある程度ダメージを与えたら、ロザリオから出現した船医さんの霊が放った浄化の光で消滅したけどね。幽霊が浄化の光を放つなよ……。

そこから、船長さんの幽霊にお礼を言われ、報酬をもらう流れまでは一直線だった。なんか、恋人だったっぽい美人船医さんの幽霊と抱き合い、そのまま昇天していったのだ。

「最後は恋愛的な話で終わったか……」

マジでハリウッド映画っぽい作りのイベントだったな。イベント終了後は自動で転送され、亡霊岬まで戻ってくることができた。

「太陽の光が気持ちいいねぇ」

「――♪」

サクラと一緒にグーッと伸びをして体をほぐしてから、沈没船のクリア報酬を確認する。

「報酬が五〇〇〇イベトに、琥珀か。あとは海賊旗?」

海賊旗とだけ表記されているそのアイテムを取り出してみると、本当に旗だった。白地に黒い髑髏《どくろ》の描かれた、シーツくらいのサイズの大きな旗である。

岩礁の幽霊が言っていた旗ってこれか?　巨大クラゲがこの旗を追ってくるとか言ってたはずだ。だとすると、これで海流のところにいる巨大クラゲを誘導できるってことなんだろうな。あそこを突破するためのアイテムってことか。

「俺たちには必要ないが……」

誰かに売れるだろうか?

「とりあえず少し休もうか……。メッチャ疲れたし」

「――♪」

岬の突端は霧も出ていないし、モンスターも出ない安全地帯だからな。だが、座り込んだ俺とは対照的に、モンスたちはハイテンションだ。

「フムー」

「ぺぺーン！」

「お前ら、元気だな。もしかして沈没船が楽しかったのか？」

「フム！」

「ペン！」

俺にはスプラッタホラーでも、モンスたちには楽しいアトラクションだったらしい。

未だに興奮冷めやらぬようで、ワチャワチャと駆け回っていた。

「キュ？」

「どうしたリック？」

だが、すぐに休憩は中断される。俺の左肩の上で寝ていたリックが、警戒するように声を上げて体を起こしたのだ。耳を左右に動かし、周囲の音を聞いている。

「キュ！」

リックの視線が、岬の入り口側を向いた。

釣られてそちらを向くと、複数の人影がこちらに向かって走ってくるのが見える。そちらには薄く霧が出ているせいで、相手の姿は良く見えない。

「ア、アンデッドか？」

ここは安全地帯だと思っていたが、そうじゃなかったのだろうか？

緊張しながら待ち構えていると、複数の足音が聞こえてくる。しかし、俺たちはすぐに警戒を解いていた。

「ちょ、待って待って！　滑るから！　フィルマ、速いから！」

「クルミ、腰に掴まらないで！　きゃぁ！」

「くくく……楽しそうね」

「楽しくない！　リキュー助けてよぉ！」

「またゾンビィ！　クルミお願い！　クルミってばぁ！」

「骨はいいけど腐ってるのは嫌ぁ！」

「くくく……なら私の爆弾で爆散……」

「「それは絶対ダメ！」」

聞いたことのある声がしたのだ。コントみたいな掛け合いをしながら、近づいてくる。

間違いなく、クルミ、フィルマ、リキューの三人娘だ。

そのまま数十秒ほど待っていると、やはり見知った顔が霧の向こうから現れた。

「あっれー？　白銀さんだー！」

「え？　本当だ」

「くくく……白銀さんとエンカウント」

赤いアフロに牛の角。背負った巨大ハンマーが目を引く、小柄な牛獣人のクルミ。

魚のヒレのような耳を持った、青いショートヘアーの真面目系魚人。フィルマ。

紫髪に和装。それでいてエキセントリックな笑い方が特徴的な、爆弾魔のリキュー。

相変わらず仲が良さそうな三人組だ。

「もしかして沈没船か？」

「え？　ということは白銀さんも？」

「おう。お前らもあの岩礁を見つけたのか？」

「あ、ちょーっと待った！」

「え？　どうした？」

俺が話を聞こうとすると、クルミが慌てた様子で俺の言葉を遮った。そして、何やら虚空に向かって喋り出す。

「ちょ、ちょっと知り合いに会ったんでここで配信止めまーす！　再開は一〇分後で！　ごめんね！」

配信？　生配信をしてたのか？

今までそんなことをしているなんて話、聞いたことがなかったが。最近始めたんだろうか？　首を捻っていたら、クルミが詳しく教えてくれた。

なんでも、イベント中の配信順位によっては、イベトが僅かに貰えるらしく、彼女たちも上位を狙って配信をしていたらしい。

リキューはかなり嫌がったそうだが、クルミの懇願に負けた形であるという。

俺やモンスに関しては、モザイクがかかったうえで声も聞こえない設定になっているらしいので安心だ。

「へぇー、イベトがねぇ」

「なんで白銀さんが他人事なの！　今一番なのは、白銀さんだよ！」

「え？　ああ、ブラキオ戦か！」

そう言えば、俺配信したんだった。配信したことをすっかり忘れていた。

「そうそう。あれには勝てないと思うけど、上位に入ればそこそこ儲かるからね。頑張ってるんだよ」

まだ情報が出回っていない沈没船の配信なら、上位が見込めるらしい。そこに、俺が既にいたので焦ったのだろう。

「も、もしかして配信済み？　配信しちゃったの？」

「え？　いや、してないしてない」

そもそも、ブラキオ戦の生配信だって、事故だったからね。

「そう、よかったー。配信し始めてすぐにやめることになるかと……」

彼女たちは、この亡霊岬から配信し始めたそうだ。そして、配信の最後に、ここまでの道筋を語る計画であるらしい。なかなか考えているな。

「あー！　ルフレちゃんにペルカちゃん！」

「フム？」

「ペン？」

おっと、海の生き物好きのフィルマが凄い反応だ。ルフレたちが目を白黒させている。だが、以前に遊んでもらったお姉さんだと思い出したようで、すぐに笑顔でフィルマに抱き付いていた。実は可愛いモノ好きのリキューも一緒になって、ワチャワチャしている。

その間に、俺はクルミと情報交換だ。

「古代の島には行ってないのか？」

「行ったよ？　うちはフィルマがいるから、海底ルートが楽勝だったもん」

「あー、それは確かに簡単に行きそうだ」

ていうか、うちもルフレとペルカがいるから、そのルートでも良かったのかもな。その前に力技で突破してしまったが。

「ブラキオで死にかけたけど、なんとかレイドを組んで突破できたんだ」

「え？　レイド？」

ブラキオって、レイドボスだったの？　俺たちだけで突破できたんだけど……。さすがに、どれだけ奇跡が重なろうとも、レイドボスを一パーティで突破できるわけがないと思うんだが。

「どうも、人数で強さが変化するタイプのボスだったっぽいよ？　レイドでも挑めるんだ」

「あ、そうなのか」

ボッチでも突破できる仕様ってわけだな。

「ＫＴＫとかジークフリードがいなかったら、全滅してたかもね。ほら、白銀さんちのペルカ君やアイネちゃんみたいに、ＫＴＫがブラキオの頭に張り付いてさ」

「あれを生身でやったのか？　すごいなＫＴＫ。さすがだぜ」

シーフトップは、そんなことまでできちゃうんだな！　前線プレイヤー、凄すぎだろ！

「他にもトッププレイヤーが勢ぞろいだったよ。あとは白銀さんがいれば完璧？」

「ははは。そう言ってくれるのは嬉しいけど、俺みたいなエンジョイ勢がそんな凄い戦闘に交ざれるわけがないだろ」

「えー？　いけると思うけど？」

「むりむり」

「まあ、いいけどさ。それじゃあ――」

さらに情報交換を進めていくと、クルミからメチャクチャ貴重な情報を教えてもらってしまった。

まず一つ目が、俺のまだ埋めていない図鑑の情報だ。

「あの岩山に、金色の山羊《やぎ》か」

「うん。あとは、この奇想天外っていう変な植物もそこだね」

なんと、伝説の漁師に琥珀があると教えてもらった岩山。俺はすでに琥珀を所持していたためショートカットしてしまったが、そこにも図鑑用のレア動植物が生息しているらしい。

危ない危ない。ここで教えてもらってなかったら、完全にスルーしていたところだ。

ただ、一番の爆弾情報は、恐竜についての情報だろう。なんと、古代の島のイベント恐竜たちには低確率でユニーク個体がおり、それを倒すと特殊なアイテムが手に入るらしい。

「恐竜飼育セット引換券、だと……？」

「うん。ホームオブジェクトなんだってさ」

イベント終了時に、その引換券があれば恐竜の飼育セットを報酬として入手できるらしい。俺はイベント引換券というアイテムを所持しているから、それで引き換えができるかもしれない。

しかし、できない可能性もあった。確実に恐竜をゲットしたければ、ユニーク恐竜を狩って恐竜飼育セット引換券を手に入れるしか手はないだろう。

代わりに、俺の持っている悪魔の情報などを教える。クルミは恐竜飼育セットの情報よりも凄い情報だと驚いてくれたが、これは寧《むし》ろ広めたい情報なんだよな。

「悪魔にアンモライト……」

「そうなんだけど、どう思う？」

「やばくない？　多分、白銀さんしか知らない情報だと思うけど」

「間違いないわ……くくく」

「だよな。これもっと広めないと、最終日に苦労すると思うんだ」

そこで思いついた。この情報、クルミたちの生配信で流してもらえばいいんじゃね？　大勢のプレイヤーに広まるだろうし、クルミたちの生配信の視聴数がそれなりに伸びる可能性もある。

恐竜飼育セットの情報のお礼になると思うのだ。そのことを告げたら、むしろクルミたちが貰いすぎると言われたが、そこは広めてもらうのと相殺《そうさい》だと押し切っておいた。

「うーん……。そこまで言うなら、本当に配信しちゃうからね？」

「助かる！　頼むよ」

よしよし、これで最終日のイベントに間に合いそうだな！

「はぁぁぁ。器が違うわー」

「くくく、サスシロ」

「うん？　なんか言ったか？」

「ううん。それよりも、配信始めるから、準備いい？」

「お、おう。ばっちこい！」

　ただ、自分たちでゲットしたわけじゃない情報を偉そうに喋るのは沽券《こけん》に関わるということで、俺が少しだけ出演させてもらうという形になっていた。いやー、なんか緊張してきたぞ！

「やほー、配信再開するよー」

　クルミが顔の前に浮かぶカメラに向かって手を振る。さっきまでは見えていなかったが、配信に映る設定に変えたので、見えるようになったのだ。

「なんと、凄い人に出会ってしまったので、ゲスト出演してもらうことになりましたー！」

「ども、テイマーのユートです」

「実は、みんなに伝えたいことがあるらしいよ？　早速お話を聞いてみようか？」

「あー、実は――」

　そこからは頑張って喋った。緊張しているせいで、余計なことまで喋ってしまった。本当は三分くらいの予定だったのに、一〇分近く喋ってしまったのだ。

「ふぅぅ……なんとか終わったか？」

「白銀さん。お疲れ様！」

「いやぁ、緊張したぁ！」

「それよりも、本当にこんなに色々語ってくれてよかったの？」

「まあ、言っちゃったもんは仕方ないからな。それに、情報が多い方が視聴者も増えるだろうし、悪魔の情報も広まると思うから」

最初は悪魔やアンモライトについて語ってたんだが、他にも色々と喋ってしまった。

いや、意識しての生配信なんて初めてだし、クルミは聞き上手だしで、非常にテンションが上がってしまったのだ。イベントスピノが海の魚好きという情報を語ろうとしたら、なぜだか伝説の魚の情報まで詳しく語っちゃったし。

気付いた時には、各村のミニゲームお爺さんや悪魔についてだけではなく、アンモライトの取得場所。あとは何故か、ラッコのゲット方法や、釣りの必勝方法などについても語ってしまっていた。

ラッコの話を聞いたフィルマが駆け出そうとして、リキューに羽交い絞めにされていたが。海の生き物好きのフィルマにしたら、聞き逃せなかったのだろう。

まあ、悪魔の情報を広めるのが一番重要だから、それ以外の情報で視聴数が増えてくれると思えば構わないんだけどね。

「すでにすっごい視聴数だよ！　ありがとう！」

「くくく……報恩謝徳」

「ラッコさん情報、ありがとうございました！　必ずお迎えしてみせます！」

「いや、そこは悪魔情報ありがとうでしょ！」

「くくく……フィルマは止まらない」

「うん！　止まらないよ！」

あのフィルマがボケに回り、リキューが突っ込みに回っているだと？　ラッコさんパワー、恐るべしだな。

その後、俺は三人娘と別れ、北の漁村まで戻ってきた。ここから古代の島へと転移するのだ。

本来はアリッサさんに情報を売りにいくつもりだったけど、生配信で全部ゲロッちまったからね。売れるような情報はほとんどないのだ。

だったら、このままユニーク恐竜を探しにいけるぜ！

「はやく古代の島にいかないと！　今すぐ！」

なんて思っていたら、聞き覚えのあるアナウンスが聞こえた。

ピッポーン。

『運営からの緊急のお知らせです』

「なんだ？」

メールを開いてみると、数分後に緊急メンテナンスを行うという告知であった。

どうも、開催中のイベントで何らかの不具合が見つかったようで、その修正を行うらしい。その不具合が今のところ誰かに不利益を与えた事実はないが、無視できないので緊急メンテナンスを行うという。

イベント再開時には、メンテナンス開始時に居た場所から再開となり、戦闘などは敵が僅かに硬直する状態で再開。ボス戦は今から発生せず。現在ボス戦の場合は、それが終了してからイベント外に転送されるそうだ。

また、お詫びとして、全員に一〇〇〇イベト。飼育ケース・小、香水瓶・小をプレゼント。さらに、イベント外からのアイテム持ち込みを追加で三個認めるということだった。

「メンテ終了は、ゲーム時間で二時間後……。うーむ、すぐに行動したかったのに、残念だ」

ただ、イベントそのものの時間が進むことはないようだし、俺にはそこまで問題ないかな？カツカツのタイムテーブルでゲームをしている人には悲劇だが。そこは仕方がない。ネットゲームには緊急メンテがつきものだからね。

俺だって、以前やっていた他のゲームで似たようなことがあったし。

「それよりも、イベント外からアイテム持ち込み？　あれが持って来られるってことじゃんか！」

実は、第二陣記念のアイテムが、まだ未使用で残っていた。その中には、ユニークモンスターを引き寄せるお香があったのだ。

勿体なくて使っていなかったのだが、使用期限が迫っていた。このままだと、そこらで適当なモンスターを引き寄せることに使うはめになっていただろう。イベントからの強制退去によりホームに戻った俺は、早速アイテムをチェックする。

「新たに持っていけるのは三個だったよな？　だったら――」

「あいー！」

「ウニャー！」

「ワワン！」

縁側に座ってインベントリを開いた直後、俺の背中に何かがドスンとぶつかってきた。ふりむくと、満面の笑みを浮かべたマモリが俺に抱き付いていた。その両サイドには、ミケ猫のダンゴと、マメ柴のナッツもいる。

「遊んでほしいのか？」

「あ〜い〜」

「ウニャン！」

「ワンワン！」

イベント中は時間が加速するので、俺にとっては五日ぶりだ。だが、マスコットたちにとったら、別れたのは今朝のはずなんだけどな……。

「バケー！」

「カパパー！」

「お、お前らも？」

「モフフ！」

「テフ〜」

「待て待て！　ちょっとやらなきゃいけないことがあるから！　それが終わったらな？」

「スネ！」

「ポン！」

やばい、ホームに待機中のモンスとマスコットと妖怪が勢ぞろいだ。やってこないのは、どこかで酒盛り中のハナミアラシだけである。

「えーっと……」

じー。

「あったあった。お香。あとは……」

じー。

メッチャやりづらい。いつの間にか周囲をお留守番組に囲まれ、全方位から「はやく終わらないかな～」的な視線を向けられている。

凄まじいプレッシャーだ。胃が痛い。

「……こ、これとこれにしておこうか」

耐え切れなくなって、パパッと選んでしまった。ユニーク個体を引き寄せるお香と一緒にゲットした、スキルチケットである。これも使い時を逸して、未だにインベントリに残っていた。

リストの中から好きなスキルを一つ取得できるというアイテムなのだ。

イベントの中に持っていって、そこでじっくり選べばいいだろう。もうひとつは、レアアイテムドロップチケット。戦闘前に使っておけば、確実にレアアイテムが入手できるというアイテムだった。

「とりあえず、これでいこう」

「あい！」

「こら！　まだ閉じてないから！　飛び掛かってくるなって！」

「ウニャン」

「ワフン」

「あー、埋もれるっ！」

「スネー！」

「ポコポン！」

結局、イベントに戻るまでうちの子たちと遊んでしまった。だるまさんが転んだは意外と面白かったけど、空を飛べる子が有利過ぎじゃない？

ああ、飼育ケースはまだ持ち出しできなかったから、ホームへの設置は試せなかった。残念である。

運営の場合

「おい！　あと一〇分でメンテ開始だ。ログアウトして仮眠室の奴ら全員叩き起こしてこい！　二時間しかないんだからな！」

「はい！　主任！」

「悪魔のステータス調整は一班！」

「えーっと、今のところ、初期値よりも軒並み下げてますけど……」

「ＨＰは上げる！　他は下げる！　そんな感じだ！　第二陣プレイヤーの参加も想定よりも増えそうだしな！　それに、攻略アイテムの情報もほぼ全プレイヤーに広まったと思っていい！　このままだと、悪魔が瞬殺だぞ！　ああ、アンモライトの効果を少し下げるのも忘れるな！」

「あれ、想定だとプレイヤーの総所持数が一〇〇個くらいのはずだったのに……。このままだと一〇倍じゃ利かないでしょうね」

「で、システム系の処理は二班！　特に、動作確認を慎重にな！」

「元々、四倍速下イベントで使う予定のコンテンツでしたからねぇ。投入前に気付けて良かったです」

「ああ。ＮＰＣがちょっと固まるくらいなら許せるが、ボスが戦闘中にフリーズなんてことになったら最悪だからな」

「あー、でもこれ、そのうち全部を修正する必要があるってことですよね？」

「例の法案か？」

「なんか、偉い学者さんが、精神と肉体の年齢の乖離《かいり》がどうとかで、うんたらかんたらって奴ですよ」

「何も分かってねーじゃねーか！」

「ＶＲの時間加速が制限されそうだって分かってれば、十分でしょ？」

「現状では明確なデータは出てないが、二〇年後には肉体が三〇歳なのに精神が四〇歳超えなんて人間がざらになる可能性はある。ゲームだけじゃなくて、俺たちみたいにＶＲの高加速を利用して仕事をしている人間もいるし、塾なんかも似たことを計画してるところもあるんだ」

「あー、だから肉体と精神の年齢の乖離って話になるわけですか」

「実際、悪影響が出ることが判明した時には、何百万人もの人間が手遅れってことになりかねんからな。マウス実験だと、異常行動が見られるって話だ」

「え？　それってヤバくないっすか？」

「だから、法案が可決されるんだろうが。もし高加速が禁止になったら、確かに全システムの調整が必要になるだろうよ」

「うげー、やっぱそうなんすね」

「しかも、高加速下での仕事ができなくなるってことはだ……」

「はい」

「今よりももっとデスマーチになるってことだ！　残業三昧！　カミさんがまた実家に帰るって言い出すぅぅ！　娘の冷たい目がっ！」

「……頑張ってください……」

「おう！」

「二人とも！　なに無駄話をしているんですか？」

「ふ、副主任！　お疲れさまっす！」

「指示出しは終わったのですか？」

「お、おう」

「そうですか。では、主任にはこちらへの対応を早急にお願いします」

「これは？」

「想定よりもモサとスピノを突破するプレイヤーが増える可能性が出てきましたので、悪魔のステータスをさらに修正する必要があるかどうかの検討です」

「え？　なんで？」

「白銀さんの配信ですよ。あの中で、モサの攻略の鍵になる琥珀餌の情報が完全に流出しましたし、スピノの攻略のカギになる海の魚が好物という情報も出てしまいました」

「え？　まじ？　俺、悪魔の部分を見て大慌てで他の奴らを呼びに行ったから、そこまで見てなかったわ」

「ともかく、このままではマズいです」

「……まじかぁ」

「それと、図鑑コンプリート報酬も多少の変更が必要かと」

「これも、結構出そうなのか？」

「一番難しい魚のコンプリートが、琥珀餌さえあればそう難しい事ではなくなりますし」

「そっか～。そうだよな～。なんで……。なんでメンテ直前にあんな大爆弾がぁぁ！」

「よかったですね？」

「え？　なにが？」

「あのプレイヤーのやらかしたログを見て、お酒を飲むのがお好きなのでしょう？　きっと、悪酔いするほど飲めますよ？」

「……そ、そんな目で睨むなって！　俺のせいじゃないだろう！」

「あのプレイヤーは主任担当ですから。主任のせいです」

「ええー？」

早耳猫の場合

「サブマス。準備できましたけど――」

「うにゃぁぁぁぁ！」

「ど、どうしたんですか！」

「ううう！　ちょっとホッとしてる自分が悔しいぃぃ……」

「でも、助かったのは確かですし。あの情報、全部持ってきてくれてたら……」

「支払い、ギリギリだったかもね」

「ギリっていうか、無理だったんじゃ……」

「ギリ払えたわ」

「負けず嫌い……」

「ともかく！　私たちもこうしちゃいられないわ！　古代の島へ急がないと！」

「沈没船はどうします？」

「あっちはカルロたちに任せるわ。私はハイウッドと一緒に、スピノと琥珀餌の検証に行く」

「スピノは結構パターンが分かってきてますからねぇ。海の魚で気を引けるなら、かなり楽に倒せるようになるかもしれませんね」

「海の魚は用意できてる？」

「はい。メンテ終了直後から、かき集めました。白銀さんに払わなくて済んだから、イベトは潤沢にありますし」

「琥珀餌の方は、イベントを起こしてなくても作れることが分かったから、問題ないわ」

「作った端から売れてます。トンボ狩り班から増員要請が……」

「了解。メイプルたちを送るわ。スピノよりも、モサを優先しようかしら？　モサはまだ突破者がいないけど、琥珀餌があれば何か変化があるかもしれないわ」

「まあ、イベントモサが琥珀餌を嫌うというのであれば、任意の場所への追い込みは可能かもしれませんね」

「そういうこと。あと、配信でユート君が言ってたアンモライトの確保もしないと。そっちはルインにお任せかしら？」

「ともかく、あと二日ちょいしかないのに、大忙しですねー。さすが白銀さんです」

「イベトは無事だったけど、結局大忙しよっ！」

三人娘の場合

「うわっ」

「どうしたのクルミ？」

「配信数の伸びがまだ止まってない！　しかも今もどんどん上昇中。これ、もしかしたらベスト三に入れるかも」

「くくく……。ほぼ白銀さんのお陰」

「ち、違うもん！　私たちの魅力だって、ちょっとは貢献してるんだよ！」

「魅力？」

「そ、その目は何なのよ！　世の中、ちょっと変わった趣味の人もいるんですぅ！」

「じ、自分で変わった趣味って言っちゃうんだ……」

「ＹｅｓロリータＮｏタッチ……くくく」

「ともかく！　白銀さんだけの力じゃないんだよ！　白銀さんの貢献度は９５％くらい！」

「それって、ほぼ白銀さんのおかげって言ってるようなものだよ？」

「５％は私たちの力！　０と５じゃ、大分違うんだよ！」

「クルミ。空《むな》しくなるから、それくらいにしておこう？」

「うん……」

「でも、やっぱり白銀さんは凄いねぇ。これ、あとで何かお返ししなきゃいけないんじゃない？」

「う、そうだね。何がいいかな？」

「くくく……リキュースペシャルハイパーデラックス」

「却下！　それ、火炎耐性がなきゃ絶対に自爆するやつじゃん！」

「じゃあ、これ。くくく、いい爆炎上げるわよ？」

「それもダメ！　素材残らない奴！　っていうか、廃棄しろって言ったのに！　まだ持ってる！」

「コレクションはノーカウント。くく」

「と、ともかく。何がいいか、考えておこうね」

「うん。そうだね」

「くくく……ならばこちらを――」

「それは――」

「はいはーい。リキューは爆弾しまおうねー。クルミもいちいち突っ込んでたら話進まないから」

第二章　ボス恐竜連続撃破！

緊急メンテナンスが終了したというアナウンスがあったので、イベント内に戻ってきた。確かに時計は進んでないな。イベント外に出た瞬間からの再開であるようだ。

「よし！　水を差されたけど、気合を入れ直してユニーク恐竜を探しに行きますか！　いや、その前にパーティメンバーを入れ替えるか？」

「キキュ！」

「お？」

転移陣に向かって歩き出そうとした俺だったが、後ろからローブを引っ張られている。

「キュ！」

「どうした？」

「キュー」

俺を呼び止めたリックが指差すのは、村の外だ。その方角にあるものと言えば——。

「あ、もしかして岩山のことを忘れんなって教えてくれてるのか？」

「キュ」

そういえば、図鑑も埋める必要があるんだった。

「ありがとなリック。忘れてたよ」

「キュ！」

お礼を言うと、リックがドヤ顔で胸を張る。生意気可愛いね！

リックのスクショを撮りつつ、この後の行動を思案する。

古代の島に行ったら、かなり時間がかかるだろう。ユニーク恐竜だけではなく、伝説の怪魚を釣り上げないといけない。

そう考えると、先に岩山に行っておく必要がありそうだった。

「じゃ、古代の島の前に、岩山で図鑑埋めだ」

「キキュー！」

岩山に向かうと、確かにいくつかの新種を発見することができた。話に聞いていた黄金の山羊や、タンブルウィードという転がる草。奇想天外という名の枯れかけに見える植物に、タランチュラ、ヨロイトカゲなどの珍しい動植物がわんさかだ。

まじで教えてもらって助かったな。

「図鑑、かなり埋まったが……」

動物、昆虫は全て埋まった。ただ、植物、水産は残り一つが埋まっていない。植物の空欄は、ショクダイオオコンニャク。水産は、イベントモサの湖にいる怪魚だろう。

それでコンプリートだ。

「よーし！　俄然《がぜん》やる気が出てきたぜ」

「――――！」

「ヤヤー！」

テンションが上がり過ぎて両手を天に向かって突き上げると、サクラとファウが真似をした。うむ、可愛いが、このポーズを俺がやったのかと思うと恥ずかしいな。

「……一度、拠点に戻ろう」

「――♪」

「ヤー！」

それから三〇分後。

俺たちは古代の島の奥地ではなく、古代の島の海岸の転移陣へと跳んできていた。奥地には、恐竜がいないからである。今回の目的は、ユニーク恐竜だからね！

「相手はユニーク個体。厳しい戦いになるだろうが、頼むぞオルト。ドリモ」

「ムム！」

「モグ！」

約束通り、オルトたちも一緒である。オルト、ドリモ、アイネ、ヒムカ、ルフレ、サクラという、人型メインの構成だった。

まあ、留守番組に、回復役のルフレ、オールラウンダーのサクラを加えたらこうなってしまっただけだが。ここは本島と違って厳しい戦場だ。俺も多少は考えているのだよ。

「あっ！　ユートさん！」

「うん？　ソーヤ君？」

古代の森の入り口で声をかけてきたのは見知った相手、ソーヤ君だ。しかも後ろにはエロ鍛冶師のスケガワに、男勝りファーマーのタゴサック。フライパンで戦うコックさんのふーかに、大男系林檎《りんご》大好きファーマーのつがるんがいた。

「生配信見ましたよ」

「おー、だから古代の島に？」

「はい。アンモライトを得ようと思いまして」

「そっかー、ボスの突破方法は分かってるのか？」

問題はそこだ。アンモライトはボス突破前でもゲットできるかもしれないが、確率は低いはずだ。確実に欲しいのであれば、奥地に行かなくてはならない。

「そこは勿論です。検証班と早耳猫が合同で調べてくれまして」

時間が限られているイベントという特性上、遅れは攻略の失敗に繋がる。個人でのランキング制ではあるが、イベントそのものが失敗扱いになっては意味がない。そこで、今回は検証班、早耳猫を中心に多くのプレイヤーが協力し、ブラキオの突破方法を調べ上げたそうだ。

「ブラキオなのか？　他にもボスはいたと思うけど……」

わざわざ、一番強そうな相手に挑むの？

「そっちも多少の情報は出回ってますけど、やっぱブラキオですね。なんせ、ユートさんの動画っていう、大きなヒントがありますから」

どうやら、イベントティラノを岩山まで誘導し、イベントブラキオとかち合わせる方法が確立されたらしい。

他にも、経験値の謎なんかも解明されたようだ。どうも、戦闘中の被ダメージ与ダメージを基に、貢献度のような物が算出され、それに応じて経験値が変化する仕様であるようだ。

第二陣のパーティが強いパーティに寄生しても、実入りが良くないように設計されているんだろう。なるほどね。だから、うちのパーティもレベルの上がりが少し変だったのか。オルトたちが四つもレベルが上がるほどの経験値で、ペルカが六しか上がらないのはおかしいと思っていたのだ。

多分、大活躍に見えても、与えたダメージなどがそれほど多くないせいで、貢献度は低く見積もられてしまったのだろう。盾役でも回復役でもないし、補助スキルもないペルカは、貢献度を稼ぎにくいのかもしれない。

ソーヤ君たちはこれから、検証班の知人とチームを組んで、ブラキオを突破するつもりであるそうだ。

「そうか。頑張ってね」

「はい！」

激励しつつ、俺は少し気になっていたことを尋ねてみた。

「ソーヤ君。その手に持ってる本って、もしかして……」

ソーヤ君は杖などの武器を持たず、赤黒い表紙の目立つ本を手にしている。結構分厚くて、これで殴ったら痛そうだ。でも、鈍器として使うわけじゃないだろう。

「気づきましたか？　実は、ついに魔本が完成したんです！」

「やっぱりか！」

ついに、目標であった魔本の完成まで漕ぎつけていたらしい。

「それはおめでとう！」

魔本を開いて右手に持つソーヤ君は、メチャクチャ様になっている。

「おおー！」

「実は、ユートさんのおかげなんですよ」

「え？　なんで？」

何もしてないけど……。そう思っていたら、魔本を作るには、前提として魔本スキルが必要であるらしいが、その解放条件の一つに栞を所持しているというものがあったらしい。

「ユートさんにもらった栞のおかげです。あれがなければ、僕は気付かなかったと思います」

初期の頃に何となくソーヤ君にあげたあの栞が、いい仕事をしてくれたらしい。いやー、本好きのソーヤ君ならいずれ気付いてたと思うけど……。まあ、お礼を言われるのは気分がいいから、とりあえずヘラヘラ笑っておくけどね。

「魔本の性能って、どんなかんじ？」

「一応、杖に近いですね。杖ほどの攻撃性能はないですし、受けに使うと壊れることもありますが。その代わり、いくつかの魔術を登録しておいて、それを詠唱無しで撃ち出すことができます」

「それって、メチャクチャ強くない？」

「いえ、そこまでではないですよ」

まず、連打はできない。クールタイムがあるそうだ。魔術のランクで時間は変化するらしい。

それに、威力も低い。使用者を基準として、だいたい五割程度の性能だ。

「それに、使えば使うほど、魔本の耐久値が劣化するので、あまり大盤振る舞いもできませんね」

とは言え、ソーヤ君は嬉しそうだ。やはり、念願の魔本だからだろう。

「実は、恐竜の皮に期待してるんです。ボス級の恐竜からドロップする皮なら、かなり強化が見込めそうですから」

魔本を作るのに必要な素材はかなり多く、魔石、皮、紙、インク、栞。最低でもそれらが必要であるそうだ。

皮は表紙に使用され、そのランクによって、耐久値や、知力、精神への補正が変化するらしい。

「皮か……。これとか使えない？」

「え？　これは……。もしかして恐竜の？」

「うん。激レアドロップは自分で使いたいけど、この恐竜の上皮はあまってるし」

ソロでボス討伐をしたことで、独り占めしてしまったからな。上皮はまだ何枚もあるのだ。

「って、すぐには使えないか」

「確かに今は使えないですけど、譲ってもらえるならぜひ欲しいです！」

「じゃあ、あげる」

「いえ、あげるって……。それじゃあ、僕からはこれをどうぞ」

「お？　これは？」

「最近開発された、蘇生薬です」

ついにこのゲームにも、蘇生アイテムが登場したか！

ゲームによっては最初から実装されていることも多いが、ＬＪＯでは未実装だった。それが開発されていたらしい。

「ええ？　いやいや、そんな貴重なもの、貰えんて！」

今なら、超価値があるんじゃないか？

「いえ、レシピがあるので、僕は自分で作れますから」

「そ、そう？　じゃあ、有難く」

余っていた皮をあげただけでメッチャ貴重なアイテムを貰ってしまった……。まあ、この後は激戦が予想されるし、有り難くいただいていくとしよう。期せずしてワラシべってしまったぜ。

ソーヤ君が仲間に呼ばれて去って行った後、俺は目的地である古代の森へと足を踏み入れていた。

少し進んで、メンテ後に持ち込んだ引き寄せ香を取り出す。

もっと奥に入るかどうか迷ったが、もしティラノのユニークでも出てしまったら、死亡確定である。パキケファロのユニークなら多分、なんとかなるだろう。

「でも、どうすっか……。本当にここで使っちゃっていいか？」

恐竜飼育セットの詳細はまだ分からない。ホームオブジェクトだとは思うが、そこに入れる恐竜の調達方法は？　もし倒したユニーク恐竜が入るのだとしたら？

「パキケファロよりも、ステゴかトリケラの方がレアだよな……」

ティラノが出るのは確かに怖いが、そうそう遭遇する相手でもないだろう。だったら、ステゴやトリケラ狙いでもよくないか？

「よし……！　もうちょっと奥に行くか！」

「ムム！」

この古代の森の仕組みも、ようやく理解した。まあ、掲示板を見たからなんだけど。

古代の島は、大きく分けると五層になっているらしい。まずは、全プレイヤー共通の、砂浜～森の浅層。ここはフィールドのように、プレイヤー全員が同じ場所でプレイする。

その奥にある、古代の森の深層。ここは、ダンジョンなどのように、パーティ毎のフィールドが用意されるらしい。前に、他のプレイヤーが少ないなーと思ったが、そもそも俺たちしかいなかったのだ。

次に、テーブルマウンテン外周部。ここは砂浜と同じで、全プレイヤー共通だ。パーティを組んだり、ボスへ挑む準備をしろってことなんだろう。最大五〇名までのレイドパーティを組むことが可能であるらしい。

そして、そこで準備を終えてから挑むのが、テーブルマウンテンのボス領域。パーティ毎に別フィールドになり、ボスが個別に用意される。

最後がテーブルマウンテンの頂上。ここはまた、プレイヤーたちで共通であるらしい。ただ、あそこに何万人も押し寄せたら、狭いと思うんだが……。いや、ビーチやテーブルマウンテン外周部みたいに、人数に合わせてサイズが拡張されるのかもな。

そして、イベントパキケファロ以外の恐竜を求めるならば、深層に入らなくてはならないのだ。

「この辺でいいか。引き寄せ香を使うから、戦闘準備してくれ！」

「ヒム！」

「フム！」

みんなが俺を囲むように、身構えた。どこから現れるかは分からないからね。

引き寄せ香を焚くこと十数秒。

嫌な予感が当たり、ティラノが――なんてことはなく、普通にイベントパキケファロのユニーク個体が現れていた。

他の個体よりも頭が大きいし、鱗がやや青みがかっているのですぐに分かったのだ。

ステゴやトリケラじゃないのは残念だけど、ティラノじゃなかったことを喜ぼう。ここでホッとするなら、最初から浅層で戦えよって話だが、ゲーマーにはやらねばならぬときがあるのだよ。

「オルト！　ユニークの相手を！　サクラは取り巻きに麻痺を頼む！」

「ムム！」

「――！」

「ヒムカは取り巻きの相手で！　ドリモは適宜攻撃頼むな！　竜血覚醒は温存で！」

「ヒム！」

「モグモ！」

「アイネ、ルフレは俺の横でみんなの補助！」

「フム！」

「フマー！」

俺は回復をルフレに任せて、先に取り巻きを攻撃だ。範囲魔術で、ダメージを与えていく。

バランスの良いパーティを組んできた甲斐があり、俺たちは危なげなく勝利を収めていた。

「よーし！　恐竜飼育セット引換券、ゲットだぜ！」

「ムッムー！」

「これで第一の目的は達成だ！　第二の目的地、モサの湖に向かうぞ！」

幸先よくユニーク恐竜を倒し、意気揚々と古代の森を進む俺たちだったのだが、すぐにその足を止めてしまっていた。

「まじかよ……」

「モグ……」

少し先に、明らかに普通とは色が違うイベントステゴがいる。通常のステゴはこげ茶色で、ところどころ緑色だった。

だが、こいつは赤い。全身真っ赤で、所々オレンジ。そんなビビッドな色遣いだったのだ。

「ユニークじゃねーか……」

お香勿体なかったー！

いやいや、そうじゃない。

「勝てると思うか？」

「モグモ！」

「フマ！」

やる気だねぇ。ステゴの場合、こっちから仕掛けなければ襲ってはこない。まずは陣形を整えよう。

「先制攻撃はドリモの竜血覚醒だな」

「モグ！」

この初撃が鍵になるだろう。できれば急所にぶち込みたいところだが……。どこだろうな？

頭？　尻尾？　腹？　それ以外？

「うーむ……。分からん」

何か急所を見分けるようなスキルでもあればな。いや、待てよ。あるかもしれん。ちょうどスキルチケットもあることだし、ここで使っちゃってもいいか。

俺はスキルチケットを起動し、一覧を確認してみた。そして、弱所看破というスキルを発見する。

確率で、相手の弱点が分かるというスキルだった。

相手とのレベル差が大きいほど、成功率は下がるようだ。スキルのレベルも1だし、正直成功率は限りなく低い。

「まあ、物は試しだ。使ってみよう。みんな、これで戦闘が始まるかもしれん。気を抜くなよ？　ドリモは、相手が襲ってきたら竜血覚醒で攻撃を！」

「モグ！」

「では、弱所看破っ！」

うん、失敗。何も見えません。ただ、朗報が一つあります。

「弱所看破は敵対行為にならない？　鑑定とかと同じ扱いなのか？」

とりあえず、これで弱所看破を使いたい放題だ。そうして、ユニークステゴの弱点を探し続けること四〇回。スキルレベルが四まで上がった頃、ようやくスキルが成功していた。

「なるほど！　こう見えるのか！」

ユニークステゴの尻尾の付け根。そこに黒いマーカーのような物が浮かび上がった。同時に、弱点部分が黒く染まる。あそこが急所なのだろう。

「ドリモ！　尻尾の付け根だ！　竜血覚醒からの剛体と追い風を使用！　そして、貫通撃！」

「モグモー！」

「ボオオオォォッォオォォッ！」

「す、すげー！　さすがドリモさん！」

竜と化したドリモの一撃の威力は凄まじく、なんとユニークステゴのＨＰを半分近く削っていた。

これなら勝てる！

「みんな！　一斉攻撃だ！」

「――――！」

ドリモの必殺の一撃によってＨＰが半減したユニークステゴだったが、そこからがしぶとかった。

どうやらＨＰが減ることで防御力が上がる仕様であるらしく、段々と与えられるダメージが減っていってしまったのだ。

さらに厄介なのが、配下召喚能力だ。少数ではあるが、定期的にパキケファロを呼ぶのである。そのせいで俺たちの陣形はガタガタだった。

というか、俺の真後ろにパキケファロを呼ぶのはズルくない？　その頭突きで何度弾き飛ばされたことか！

だが、相手が強くなればなるほど、ヒムカの逆襲者によるカウンターダメージも増していく。ステゴは防御力だけではなく、攻撃力もアップしたのだ。

「ボモモォ！」

「ヒムムー！」

今も目の前で、ステゴが大きく弾かれている。よろめかせることで、連続攻撃を止めることができているのも大きい。体を張ってステゴの攻撃を受け止めてくれているヒムカのお陰で、残り一割ほどまで追い詰めることができていた。

「もう少しだ！」

「――――！」

「ムム！」

こちらも消耗しているが、向こうもすでに瀕死状態。あとちょっとである。まあ、だからこそ、敵も必死なわけだが。

「ボモオオォォォ！」

「げ！　なんだありゃ！」

ユニークステゴの背中にあるプレートが、後ろから順番に赤い光を纏っていく。ゴ〇ラが熱線を吐き出すときに、背中のヒレが光るのに似ているだろう。

そして、その光が頭部にまで到達すると、カパッと開かれた口の中が真っ赤に光っていた。これは明らかにアレだ。

「ビ、ビームとか反則だろっ！」

ゾ〇ドかっつーの！　恐竜と怪獣は違うんだぞ！　恐竜だったら恐竜らしく戦えよ！　恐竜としてのプライドはないのか！

「ムムッ！」

「オ、オルト！」

何とか回避しようと俺があたふたしていると、オルトがステゴに向かっていった。その手前で、腰を落とすようにどっしりと構える。

その姿はまるで、怪物に向かって槍を突き出そうとする、少年騎士のようであった。

そして、ステゴの口から極太のビームが発射され――。

「ムッムー！」

「す、すげーオルトさん！」

オルトがビームを受け止めていた。ビームに対してクワを思い切り突き出すと、クワが盾のようにビームを弾き散らしている。周囲が真っ白に染まり、その中で無数の光の粒が火花のように散っていた。アーク溶接の現場のようだ。

「ムムー……」

「ボモオォォ……」

ジリジリとオルトが押し返されるが、なんとか踏ん張り続けている。そして数秒後。ステゴが先に限界を迎えていた。

ビームが細くなっていき、ついには消えてしまう。オルトもかなりのダメージを負っているが、それ以上に相手の反動の方が大きかった。

「ボ、モォ……」

全身から煙を上げて、動きを止めてしまったのだ。まじで中が機械とかじゃないよな？

「みんな！　総攻撃だ！」

「――――！」

「モグモ！」

俺の水魔術がステゴをよろめかせ、サクラのムチがステゴをビシビシとしばく。最後はドリモのツルハシが脳天を直撃し、そのＨＰを削りきったのであった。

「ボモォォ……」

「勝った……。甘く見てたぜ」

最初のドリモの一撃がなかったら、結構ピンチだったかもしれん。

「これで、恐竜飼育チケット二つ目か。まあ、恐竜をたくさん飼えるってことだし、儲けたと思っておこう」

手に入る素材はほぼ普通の恐竜と同じだ。機械のパーツなんかはない。生身の恐竜だったようだ。一応、恐竜の角というのが、新しいかな？　ステゴに角なんかないのに、なぜ？

「目的は達したし、さっさとここを抜けよう。釣りもしなきゃならんからな」

「フム！」

「お、おい！　引っ張るなって、そんな釣りしたいのか？」

「フムム！」

釣りと聞いて、俄然元気が出たらしい。ルフレが俺のローブをグイグイと引っ張っている。激戦の後なのに、元気だねぇ。

その後、俺たちはルフレに引き連れられるように密林を脱出し、テーブルマウンテンの麓までやってきていた。

「プレイヤーがたくさんいるなぁ」

「フマー！　フママ！」

「ど、どうしたアイネ？」

俺に肩車されていたアイネが、何やら遠くを指差して声をあげている。そっちを見てみると、見知った顔があった。

サラリーマンプレイヤーのコクテンたちだ。どうやらレイドパーティを組んで、ボスに挑もうとしているらしい。周りに知らない人がたくさんで、ちょっと声を掛けづらい。成功をお祈りしておこう。

「フムム！」

ルフレも釣りが待ちきれないみたいだしな。テンション上がりまくりのルフレを宥めながら、モサのいる湖へとやってくると、そこでも多くのプレイヤーたちが釣りをしていた。

「おー、こりゃあ、凄い。いつの間にか釣りスポットになってるのか」

「フム！」

「俺たちも早速怪魚を狙うぞ」

まあ、その前に餌の準備をしないといけないけどね。

メガネウラの標本と、低品質の琥珀を使って餌を作っていく。モサを寄せつけない効果はあまり長くないから、ちょっと多めに作っておこう。

「みんなも釣ってみるか？」

「ムム！」

「フマ！」

みんな――いや、ヒムカ以外はやる気満々だな。じゃ、全員分の琥珀餌を用意しておくか。

「怪魚釣り開始だ」

「――♪」

「フムムー！」

俺たちは湖の畔《ほとり》に並んで腰を下ろすと、仲良く釣り糸を垂れるのであった。

のんびりした雰囲気だが、実際はそこまで余裕があるわけじゃない。

「イベントモサが怖いから、できれば早く釣れてほしいなー」

なんせ、怪物の住処《すみか》だからね。

「ヒムー」

「いや、そう言えば、モサの姿が全然見えんけど……」

湖の対岸の方にいるのか？　まあ、こないなら楽でいいが。

そんなことを考えながらボーッと湖を見つめていると、不思議な光景が目に入ってきた。

対岸に、大勢のプレイヤーが集まっていたのだ。かなり遠いので、何をしているかはよく分からない。ただ、長い棒――釣り竿を持っているのは分かるな。

あんな大勢で固まって釣り？　だが、釣りをしているのは二〇人くらいで、その後ろにいるプレイヤーたちは突っ立ったままだ。だべっている様子もなく、無駄に動く素振りもなく、湖を見つめている。

釣り見学会？　それとも何か理由が？

しばらく彼らを観察していると、急にバタバタと動き出すのが見えた。魔術の詠唱をしているらしく、魔力が立ち上るようなエフェクトが見える。

そして、全員がいきなり湖に向かって攻撃を開始した。魔術や弓だけではなく、投石を行っている者たちもいる。

「うわっ。ド派手だな。でも、何してるんだ？」

いや、今ちょっとだけ背中が見えた。イベントモサだ。奴に攻撃を仕掛けたらしい。

「モサと戦ってんのかねぇ？」

「もしかして、掲示板見てないかんじっすか？」

「え？」

「どもども。お久～」

振り返ると、そこにいたのは青紫色の髪のチャラそうな青年だった。眼の下の星型ペイントも健在である。

「サッキュン！」

「チョリーッス」

トップサモナーにして格闘スキル上級者のプレイヤー、サッキュンであった。チャラ敬礼しながらウィンクしてくる。

相変わらずチャラい。むしろ、装備品のキラキラ具合がアップして、よりチャラくなっていた。

「サッキュンも釣りか？」

「いや、俺はあの集団に参加してるんすよ」

「え？　そうなの？」

「まあ、白銀さんを見かけたんで、代表して挨拶に来たってわけです」

「代表してって……。俺に挨拶？」

「そうなんすよ。モサ狩りの目途《めど》が立ったのも、白銀さんのおかげっすからねぇ」

「ああ、あの配信か」

「そうそう」

何でもあの集団は、琥珀餌を使ってのイベントモサ狩りを狙っているらしい。

やることは簡単で。まずは普通に釣りをする。そこで、モサが寄ってきたら遠距離攻撃を加え、琥珀餌を垂らす。

そうすることで、普通の釣り↓モサ寄ってくる↓遠距離攻撃↓琥珀餌でイベントモサを追い返す↓また普通の釣り、というパターンを確立できないかと考えたらしい。これで本当にイベントモサを倒せるなら、かなり楽だろう。むしろ、そんな簡単でいいのだろうか？

「白銀さんも一緒にどうすか？　一狩りいっちゃいません？」

「いや、俺は怪魚を釣り上げたいから」

「あー、なるほどなるほど。オッケーっす。もし気が変わったら、あっちまできてくれたら歓迎するんで」

サッキュンがそう言って去っていった。いくら情報の発信源だからといって、準備にも参加せずに美味しいとこだけいただくのは良くないと思うんだよね。

それに、絶対に普通の攻撃だけじゃ終わらんだろう。どこかで何かが起きるはずだ。津波攻撃とか、尻尾薙ぎ払いとか？　それに巻き込まれるのも怖かった。

まあ、向こうでモサを引き付けておいてくれるなら、俺たちは釣りが楽になるだろう。

「今の内に怪魚を釣り上げちまおう」

「ムム！」

「フム！」

そうこうしている内に、何十分か経過してしまった。相変わらず対岸ではモサ狩りが続けられている。もう何度攻撃が繰り返されたのか、途中から数えるのを止《や》めてしまった。モサのＨＰはかなり多いのだろう。

「フム！　フムムー！」

「ヒムヒム！」

「うん？　どうした――って！　引いてる！　しかもスゲー強い！」

モサ狩りの様子を見ていたら、いつの間にか俺の竿にヒットしていたらしい。ルフレとヒムカが騒ぐ様子で気づいた。釣り糸が凄まじい勢いで引かれている。

この引きの強さはアンモナイトではないだろう。最低でもシーラカンス。もしくは――。

「よーし！　絶対に釣り上げる！」

「――――！」

「ムム！」

「サンキューサクラ！　オルトも助かるぞ！」

以前のように水の中に引きずり込まれることがないように、サクラが俺と手近な木を蔦で結んでくれた。

オルトは土魔術で俺の足下を盛り上がらせる。高さは縁石程度だが、これに足を掛ければかなり踏ん張りやすくなるだろう。

「フマ！」

「モグモ！」

気の早い二人は、すでにタモを構えて準備万端だ。掬《すく》い上げるのは自分たちに任せろと言っているようだ。

「ぬおおおぉぉ！」

「フーマ！　フーマ！」

アイネの応援を背に、俺は怪魚と格闘を続けた。

なんか遠くから凄まじい爆音や「グロオオォォ！」という咆哮が聞こえる気がするが、今は全部無視だ！

「どおおおぉぉりゃぁぁ！」

「モグ！」

影が見えてきた。もうちょっとで湖面に出てくる。普段はクールガイなドリモが興奮して飛び跳ねるほど、そのサイズはデカイ。

これは怪魚で間違いないだろう。

「もう少しで――」

「グロオオォォォ！」

「え？」

だが、俺の目の前で、信じ難《がた》い事件が起こった。

ワニのような超巨大な口が、俺の釣り糸の先にいたはずの怪魚をあっさりと飲み込んでしまったのだ。それはもう豪快にパクリンチョしてくれやがった。

「グロロォォ！」

「はぁぁぁ⁉」

イベントモサだった。え？　なんで？　あっちで戦ってたんじゃないの？　どうして？

「ちょ、俺の怪魚ぉぉぉぉ！」

「グロォォ！」

怪魚が！　怪魚がイベントモサに食われたぁぁぁぁ！

しかも、問題はそれだけではない。

「やべっ！　竿持ってかれる！」

釣り糸の先にいた怪魚をモサが食ったということは、つまりモサに俺の釣り針が咥《くわ》えられているということだ。

「て、手放した方がいいか……？」

このままモサが岸から離れれば、引きずり込まれるだろう。そうなったらヤバい！　だが、万が一モサが口を開けたら、まだ怪魚を回収できる可能性があるかもしれんし……どうしよう！

「グオォォ……！」

「あれ？　意外と引きが弱い……？」

悩んでいる内に、何やらモサの動きが鈍り始めた。その場から動かず、全身を震わせている。

痙攣《けいれん》しているようにも見えるが、一体何が起きているんだ？

身構えつつ首を傾《かし》げていたら、イベントモサがいきなり動いた。同時に、俺の体も上に向かって大きく引っ張られる。

「うおぉぉっ？」

「――――！」

「ムム！」

なんと、モサが水中から一気に跳躍したのだ。それも、俺たちの方へと向かって。

だが、俺たちが踏みつぶされるようなことはなかった。その跳躍力は凄まじく、俺たちの頭上を越えて、後方へと落下したのである。

結果、俺は斜め後ろへと引っ張られることになり、地面で後頭部を強打していた。リアルだったらヤバいことになっていただろう。ちょっとダメージが入っているし。

「うごぉぉ……何が、どうなってるんだよ！」

「グオオォ……」

混乱しつつもなんとか起き上がると、目の前にイベントモサの巨体があった。仰向けに寝っ転がり、苦し気に呻《うめ》いている。

もしかして、怪魚を食うとこうなるのか？

「デカイのを狙ってたのは確かだけどさ！　大物過ぎる！」

「ムー」

「でもこれ、攻撃のチャンスなんだけど……。ど、どうしよう」

俺が悩んでいたら、すでにドリモとサクラが動き出していた。

「モグモー！」

「――――！」

ええ？　攻撃命令を出していないぞ？　もしかしてイベントモサを地上に引きずり出したことで、戦闘開始扱いになっているのか？

俺が止める間もなく、ドリモのツルハシとサクラの樹魔術が炸裂《さくれつ》した。思ったよりも効いている。腹が弱点なのだろう。白くて柔らかそうだしな。

弱所看破を使ってみる。まあ、効かないけど。何度も使うと、やはり腹部が急所であると分かった。

そうこうしている内に、対岸にいたプレイヤーたちがやってきたな。

「白銀さん！　無事っすか？」

「サッキュン！　すまん！　勝手に攻撃してしまった！」

「いえいえ！　むしろこっちこそすんません。どうも、ＨＰが三割以下で行動パターンが変わるみたいなんすよ……」

だから急にこっちに現れたのか。

「しかし、さすが白銀さん！　どうやってこいつを地上に？　なんか奥の手的な？」

「あー、後で教えるから、とりあえず攻撃したらどうだ？」

「それもそうっすね！」

ということで、プレイヤーたちによる総攻撃が始まった。やはり腹部が弱点らしく、凄まじい勢いでイベントモサのＨＰが減っていく。

しかし、モサもただやられ続ける訳がなかった。地上でサッキュンたちの的になること十数秒。多分、俺が釣り上げてちょうど一分が経過した時だろう。

背筋を使って思い切りその体を跳ね上げると、うつ伏せ状態に戻ったのだ。さらに、その全身から電気のような物を放ってきた。こいつも恐竜の癖に特殊能力有りかよ！

かなり高威力なようで、数人のプレイヤーが死に戻りしている。しかも麻痺効果があり、半数近くが戦闘不能に追い込まれてしまっていた。モサの周りに集結していたことが仇《あだ》となったらしい。

まずいぞ！　このままだと前衛の人たちが全滅するかもしれん！

しかし、俺の心配を余所《よそ》に、イベントモサは倒れているプレイヤーたちには襲い掛からなかった。

「グルルルル……」

「え？　俺？」

イベントモサの金色爬虫類《はちゅうるい》アイが、俺をしっかりと睨《にら》みつけているのが分かる。いや、俺はそんなにヘイトを溜めるような行動は……。

「白銀さんが釣り上げたからでしょ！　ゲキ怒っすよ！」

「ああ！　なるほど！」

「他にあいつのヘイト集めちゃう系の行動、何かしてません？」

「いや、うちの子たちがちょっと攻撃したけど、俺は攻撃してない！　弱所看破で急所を探っただけだ！」

「それそれ！　あれ、アクティブモンスターに使うと、メッチャヘイト溜まるんすよ！　攻撃ほどじゃないけど、バフスキル使うのと同じくらいはヤバいって言われてんす！」

「マジか！」

ユニークステゴ戦でも、妙に俺が狙われるなーと思ったが、まさか弱所看破のせいだったとは！

このスキル、ソロテイマーには諸刃《もろは》の剣《つるぎ》過ぎないか？

「白銀さん！　俺の後ろに！」

サッキュンが俺を庇う様に前に出た。そして、ゴーレムとカメを召喚し、壁とする。おおー！　デカくて硬そうで、メッチャ頼りがいがある！

そこにイベントモサの突進攻撃が炸裂した。体を左右にくねらせ、驚くほどに素早く動く。

だが、サッキュンはさすがだった。

「召喚！　タマ！」

「ガオオオォォ！」

「そしてぇぇ！　こいつを食らいやがれぇ！」

カメさんとゴーレムを弾き飛ばしたことで勢いが弱まったイベントモサに対し、奥の手である白虎を召喚してさらにその勢いを削いだのだ。白虎の方が小さいが、その前足攻撃がモサの速度を目に見えて削いだのが分かった。

最後は、サッキュン自身の直接攻撃だ。白く輝く右手をフックのように振り抜き、イベントモサの横っ面《つら》を思い切り殴り飛ばす。

「グギャァァァァ！」

「す、すごいぞサッキュン！」

やっぱ前線プレイヤーの戦闘力ハンパねー！

モサの軌道が逸れ、そのまま近くにあった樹に衝突した。鼻っ面を勢いよく殴打したからか、モサの動きが止まっている。多分、朦朧《もうろう》状態になったのだろう。

最後は全員の総攻撃で、何とかイベントモサのＨＰを削りきったのであった。

「なんか……。メッチャ疲れた……。釣りしてたはずなのに、いつの間にかボスと戦ってたし」

「ふっふー！　さーっすが白銀さんすね！」

さすがって、何がよ……？

そうこうしていると、アナウンスが聞こえる。

ピッポーン！

《古代の島にて、ボスの一体、イベントモサが討伐されました。これにより、海流の一部が弱まります》

『ユートさんは、イベントモサとの戦闘にて貢献度が上位一〇位以内に入っていたので、特別報酬が付与されます。また、貢献度が一〇〇位以内に入っていたので、報酬が付与されます』

スピノはすでに何度か討伐されていたはずだけど、モサはこれが初めてであったらしい。スピノの時にも同じアナウンスがあったし、海流は相当弱まっただろうな。もう普通のボートで島にこられるかもしれない。

「特別報酬？　通常の報酬とは違うってことか？　ドロップはどんなもんかね？」

そもそも、最初から戦闘に加わっていなくても、参加扱いになったんだな。普通に報酬が貰えてしまった。

ただ、アナウンスで貢献度が云々と言ってたから、参加者全員が報酬を貰えるわけじゃないのだろうか？

いや、攻撃していた人間は五〇人くらいだし、今回は全員が報酬貰えたかな？　少なくとも、貢献度一〇〇位以内の方は全員貰えているはずだ。

もっと大人数の場合は、足切りが発生してしまうのだろう。

考えてみたら、モサは常にこの湖にいる訳で、大量の――それこそ一〇〇〇人くらいのプレイヤーで一斉に攻撃することも可能だ。その全員に報酬が入るとなると、少々ゲームバランスがおかしくなるかもしれない。

そんな大人数でのごり押し攻略をさせないための措置が、貢献度なんだろう。このおかげで、一発だけ攻撃して参加した扱いにするような寄生行為はできなくなるはずだ。

「特別報酬は――イベント引換券か！」

これで二枚目だ！　にしても、途中参加の俺が貢献度一〇位？　多分、釣り上げたからなんだろうが……。サッキュンたちには申し訳ないことをしたな。

「で、一番多いのが肉か」

水恐竜の鱗や、牙などもある。これも売ればかなりの高値になるだろう。

使えるなら俺の装備品を作ってもいい。恐竜素材は他の恐竜の物も合わせてかなりあるからね。ただ、どれも重量が凄いっぽいんだよな……。貧弱な俺にとって、重量は無視できないパラメーターなのだ。まあ、イベントが終わってから考えよう。

経験値もかなり貰えてしまった。参加したモンスたちも最低一レベルは上がったようだ。

「お？　オルト、新スキル覚えてるな？」

「ム！」

レベルが四〇に達したことで、オルトに採掘上手というスキルが追加されていた。自分とパーティメンバーの採掘行動にボーナスが入るという、嬉しいスキルだ。アンモライト掘りが捗りそうである。

確認はこんなところだろう。

しかし、釣りをしてたはずなのに、なんでボス戦に参加することになったんだろうな？　いや、報酬は嬉しいんだけどさ。

「サッキュン、なんか美味しいところ取りですまん」

「いやいや！　なに言っちゃってんすか！　白銀さんのおかげでデカブツを陸に上げられたんすよ？　むしろMVP的な？　どうやってアレを釣ったんすか？」

「あ！　そうだ！　怪魚！」

もう少しで釣り上げるところだった怪魚を、イベントモサに食われてしまったのだ！　釣り直さねば！

「みんな！　さっき釣れそうだった怪魚はモサに食われちゃったから、もう少し頑張ろう！」

「フム！」

「フマ！」

やる気十分なうちの子たちが、早速釣り竿を担いで湖に向かった。

「今はモサがいないし、絶好のチャンスだ！　リポップする前に釣り上げるぞ！」

「ムム！」

「モグモ！」

今度こそ、怪魚を釣り上げる！

ただ、俺はもう少しサッキュンと情報交換である。

「とりあえず、イベントモサを釣り上げた方法、教えてもらえるとありがたいんすけど……。やっぱダメっすかねぇ？」

「別に構わないぞ」

「え？　マジ？」

「そもそも、イベントモサを倒したのはみんなの力を合わせたからだろ？　俺だけ情報を秘匿《ひとく》しても、後味悪いしさ」

それをやったら、完全に美味しいとこ取りになってしまうのだ。イベントモサをどう追い込んだのかの情報も知りたいしね。

話を聞くと、モサは残りＨＰが三割を切ると、行動パターンが変化するらしい。サッキュンたちの予想では、それまでいた地点から大きく離れ、ＨＰの回復を行うのではないかということだった。

それが、魚を食べるという行動だ。戦闘中でも、湖を泳ぐ魚を食べてＨＰを回復させることがあったらしい。

「だからイベントモサがこっち側まできてたんだな」

「そうそう。で、逃げた先に、ちょうど大物を釣り上げようとしていた白銀さんがいたってわけ」

「でも、回復するどころか、釣り上げちゃったんだけど」

「たぶん、魚によって効果が違うんじゃないかと……。シーラカンスとか、メッチャＨＰ回復してたし。でも怪魚は、モサが嫌う琥珀餌を食べてるわけじゃないっすか？　だったら、その怪魚をモサが食ったら？」

「なるほど……」

琥珀餌が近くにあるだけで逃げ出すほど、苦手なアイテムなのだ。それを少量でも体内に取り込めば、ダメージを食らったり、苦しんで陸にうち上がったりするのかもしれない。

「でも、イベントモサがピンチになった時に、ちょうど怪魚を釣り上げようとしてるプレイヤーを準備するのって、かなり難しくないか？」

「まあ、そこは他に方法があるんじゃないっすかね？　もしくは、モサに攻撃をするチームと、釣りチームで分かれるとか？」

「それだと釣りチームで、イベントモサを釣り上げられなかった人の貢献度が低くなりそうじゃないか？」

「それもそうっすねぇ」

「だろ？」

「うーん……」

「うーむ……」

ま、ここで悩んでいても仕方ないし、考えるのは検証班とかに任せよう。非頭脳労働系プレイヤーの俺とサッキュンはどちらからともなくそう言い出し、それ以上の考証は諦めることにした。

「とりあえず俺は怪魚釣りに戻るよ」

「頑張ってください。俺はとりあえずアンモライト掘りまくるんで」

「おー、頑張れ」

サッキュンたちがイベントモサを仕留めようと頑張っていたのは、滝の裏の採掘ポイントではアンモライトの採掘率が高いという情報を仕入れたからであるそうだ。

「そんな情報があったのか」

「バザールのＮＰＣが、教えてくれたんすよ。まあ、仲良くならなきゃいけないんすけど。そこはほら、俺のノリとフィーリングで？」

サッキュンがそのＮＰＣと偶然仲良くなった結果っぽいな。さすがチャラ系パリピ。ＮＰＣ相手でもガンガン行くらしい。

「俺も、後で掘りに行ってみるかな。まあ、先に怪魚だけど」

「デッケーの釣れたら、ぜひ見せてくださいよ」

「おう」

「それじゃあ、お先失礼しまーっす」

「――――！」

「ヒムー！」

もはやサッキュンと分かれる時の恒例となったチャラ敬礼をしながら、見送るうちの子たち。サクラとか、意外と似合ってるね。

そして、モサ戦終了から三〇分。

「よっしゃー！　きたきた！　遂にきたぞっ！」

「ムッムー！」

「モグモー！」

俺は釣り竿の凄まじい引きに、歓喜の声をあげていた。再び怪魚がヒットしたのだ。

「みんな！　手伝ってくれ！」

「フママ！　フママー！」

「ヒムー！」

アイネとヒムカの応援を背に、俺はリールを巻き続ける。

「もう少しだ！　タモを！」

「――――！」

「フマ！」

時には怪魚の引きに負けそうになりながらも、俺たちは必死に戦った。そして、上がってきたのは誰がどう見ても『怪魚』と呼ぶにふさわしい、異様な巨大魚であった。

「こ、怖っ！　なんだこの姿！」

「ヒ、ヒムー……」

「うむ。今回ばかりはお前が引いちゃうのもちょっと分かるぞ、ヒムカ」

釣り上げられたのは全長六メートルほどの巨大な魚だったのだが、頭の比率がメチャクチャデカイ。体の三分の一くらいは頭だろう。

しかも、口には超巨大な牙が生えていた。鮫《さめ》などの歯よりも太くて鋭い、まるで大型トラバサミを口に取り付けたかのような、威圧感のある牙である。

名前はダンクレオステウス。こいつが怪魚で間違いないだろう。

「タモが使えん！　みんなで引っ張り上げるぞ！」

「モグ！」

「ムム！」

力自慢コンビが主力となり、釣り糸を手繰《たぐ》り寄せて怪魚を岸に上げる。襲われやしないかとヒヤヒヤしたが、多少暴れるだけであった。

まあ、巨体が跳ね回るせいで、俺たち全員ビショビショだけどね。

「確かに不気味な姿だけど、よく見たらカッコイイな！　これを飼育ケースに……」

『この生物は、飼育ケースに対応していません』

まじか！　いや、確かに一番大きなケースよりもさらに大きいけどさ！　せっかく釣り上げたのに！

結局、怪魚は時間経過でアイテム化してしまうのであった。

「やっぱり古代魚の白身か……。いや、他にもあるな」

インベントリの中には、シーラカンスと同じ古代魚の白身が二〇個も入っている。だが、それだけではなかった。

「古代魚の琥珀身？」

取り出してみると、確かに琥珀色をした切り身であった。毒ではなさそうだけど、食べるのか？まあ、四つあるし、あとで調理してみよう。さすがに生は怖いし、ソテーがいいかな？

「それにこれは……琥珀か！　しかも品質が高い！」

今までゲットできたことがない、★9の琥珀であったのだ。取り出してみると、非常に大きい。★8の琥珀は手の平サイズだったが、こちらはもう少し大きいだろう。コミック雑誌くらいのサイズがある。

しかも、その中にはシダのような植物が閉じ込められていた。

特別なのは、その植物が光っていることだろう。何度か植物入りの琥珀はゲットしているが、薄く光っているのは初めてだった。

名称：琥珀・霊草
レア度：4　品質：★9

効果：素材。観賞用。

「霊草……？　確かに光って綺麗だけど」

素材に使えるぽいけど、部屋に飾るのも良さそうだ。しかも、ダンクレオステウスのドロップはそれだけではなかった。

「巨大水槽引換券！」

また引換券だ。これがあると、イベント終了時にホームオブジェクトの巨大水槽と引き換えできるっぽい。まあ、この水槽で、イベントに登場した色々な魚を飼えるということなんだろう。

「水槽で飼うための怪魚が、イベントの後で手に入るってことなのか？　まあ、飼育ケースに入らんものは仕方ないし、図鑑に登録できただけで充分と思っておこう」

これで後は、ショクダイオオコンニャクを登録すれば図鑑はコンプリートだ。

「ショクダイオオコンニャクが開花するのは多分明日だろうし、それまではどうしようかな」

「ムッム！」

「モグ！」

俺が悩んでいると、オルトとドリモが何やらアピールしてきた。二人でクワとツルハシを交互に振り下ろすジェスチャーだ。

「ムム？」

「モグモ！」

「ムムー！」

オルトが何かを発見するような演技をした後、ドリモが見えない何かを持ち上げるジェスチャーをする。そして、頭上に何かを掲げるドリモを見て、オルトが大喜びだ。

「貴重な鉱物を発見して、大喜びしてるジェスチャーってことか？」

「モグ」

ドリモが静かに頷く。

つまり、採掘に行こうというアピールなのだろう。アンモライト、琥珀はいくらあっても構わないし、オルトが採掘上手のスキルを手に入れたばかりだ。

それもいいかもな。

「じゃあ、滝の裏のルートに行ってみるか！　アンモライトを掘ろう」

「ム！」

滝の裏に行くのは、それほど難しくなかった。イベントモサがいなければ、崖の下にある僅かな足場を伝って滝の下まで行けるのだ。

「登るのも、なんとかなりそうだ」

「――――！」

「ム！」

サクラの作ってくれる蔦と、オルトの足場があれば、さらに安全に登っていけるだろう。

俺たちはそうして滝の裏にある崖を登りつつ、採掘や採取を行っていった。

面白いのが、時おり滝を流れ落ちてくる魚だ。上手くすれば、つかみ取りすることができる。ルフレはさすがで、一人で一〇匹もの魚をゲットしていた。

逆に、ヒムカはここがあまり好きではないらしい。水が近いせいだろう。

「フムー！」

「ヒム……！」

「ルフレー、また魚獲ったのか。よくやったな！　でも、ヒムカが迷惑そうにしてるから、あまり水を飛び散らせないようにな？」

「フマー！」

「ちょ、アイネ！　水遊びするのはいいけど、はしゃぎすぎるなって！」

アイネが滝に思いきり突っ込んでいって、突き抜ける遊びを発見していた。飛び散った水滴によって生み出される虹の美しさに、興奮が抑えきれないらしい。

いや、俺が「スゲー！　虹まで再現されてるのか！」って喜んでしまったのも、アイネのテンションが上がった原因だっていうのは分かってるんだよ？

「ヒ、ヒムーッ！」

「ヒムカ！　大丈夫か！」

「ヒ、ヒム……」

ヒムカがアイネによって撒き散らされた水を避けようとして、崖から足を踏み外す。サクラの蔦がなかったら、落ちていただろう。

「ルフレもアイネも、もう少しお淑やかにな！」

「フムー？」

「フマー？」

小首を傾げる二人も可愛いな！　絶対分かってないけどな！

それからもヒムカの悲鳴をＢＧＭに、俺たちは採掘を行いながら少しずつ滝裏を上っていった。

アンモライトに琥珀と、欲しかったアイテムがゲットできたので俺としては大満足だ。情報通り、滝の裏ではアンモライトや高品質の琥珀を採掘できる確率が高いらしい。

そして、たどり着いた先は見覚えのある場所だった。やはり滝裏の崖は、テーブルマウンテンの頂上へと続いていたらしい。

「ここまで来たんだし、ショクダイオオコンニャクの様子を見に行ってみるか」

「――♪」

俺の言葉にサクラが笑顔で頷く。植物の精霊である彼女は、珍しい草花を見るのが好きであるらしい。

中央の池に向かうと、ここでも多数のプレイヤーたちが釣りをしていた。シーラカンス狙いなんだろう。

ショクダイオオコンニャクはまだ開花していない。やはり、最終日である明日開花予定であるのだろう。

「次、どうしようかな……」

釣りか採掘か、ビーチで寛ぐか。

悩んでいたら、フレンドコールの呼び出し音が鳴った。

相手はクルミである。

「もしもし？　どうしたんだ？」

『実はこれからボス倒しに行くんだけど、白銀さんも一緒にどうかなーと思って。お誘い』

「え？　ボス？　ブラキオか？　確かに俺は一回倒してるけど、あれは運が良かっただけだぞ？　もう一回は無理だ」

攻略経験のあるプレイヤーに助力を求めるのは、ボス攻略においてはごく普通のことだろう。だが、俺たちには当てはまらない。

クルミに告げた通り、本当に運が良かっただけなのだ。ティラノの誘導などの条件を満たしたのも、その後の戦闘も、奇跡だったとしか考えられない。

しかし、クルミたちが俺の力を借りたがっているというのは、完全な勘違いであった。

『ううん。ブラキオじゃなくて、スピノを狙おうと思ってるんだ』

「スピノ？」

『そう！　情報を色々集めて、準備も万端！　多分、完封できると思うんだ』

「え？　だったら、俺たちを誘う必要なくないか？」

『ほら、生配信で協力してもらったでしょ？　正直、私たちが得し過ぎだからさー。イベントスピノ攻略でお返しできないかと思って。準備はこっちでやるから、白銀さんは参加してくれるだけでもいいよ！』

俺の手助けなんか必要ありませんでした！　そりゃそうだ。戦闘力はクルミたちの方が圧倒的に高いんだし。

『ちょ！　クルミ！　言い方を考えないと！　それじゃまるで、白銀さんの力が必要ないみたいに聞こえるでしょ！』

『えー？　そう？』

クルミの後ろからフィルマの焦った声が聞こえる。確かに、聞きようによっては「足手まといだから引っ込んでろ、報酬だけはくれてやる」的なニュアンスに聞こえなくもない。

まあ、俺の場合はクルミがそんな奴じゃないと分かっているから、それで怒ったりはせんが。

『ごめんなさい白銀さん！　配信に出演してもらったお礼として、スピノ戦で必要なアイテムを私たちで用意させてもらおうと思ったんです』

「はは、大丈夫だフィルマ。ちゃんと分かってるから」

『私たちとしても、白銀さんに手伝ってもらえるならありがたいんだ～。今回、攻撃力よりもタンクと補助役が欲しいから。白銀さんのモンスちゃんたちなら、両方揃ってるでしょ？』

「確かにそうだな」

『白銀さんが乗り気じゃないなら、他のフレンドに頼もうかと思ってたけど、それだとリキューが嫌がるしねぇ。さっきも言ったけど、必要なアイテムの準備とかは、全部こっちでやるからさ』

「いや、アイテムが必要なら、俺も用意するぞ」

『平気平気。そもそも、もう準備終わってるから』

本当に準備を全部任せていいのか？　生配信のお礼と言っても、ただ広めてほしい情報を喋っただけだぞ？

「こっちもいろいろ情報貰ったし、お互い様だと思うが……」

クルミから貰った情報のおかげで図鑑を埋められたし、俺としては等価交換だったと思う。しかし、クルミたちはそうは思ってないらしい。

『そんなことないんだよ！　ぶっちゃけ、私たちの貰い過ぎなの！　これをこのまま放置はできないよ！』

「そ、そうか？」

『そうだよ！　他のプレイヤーにこの話を聞かれたら、私たちが白銀さんを食い物にしたって吊《つる》し上げられかねないもん！　だから私たちを助けると思って！』

それはさすがに言い過ぎじゃないか？　まあ、俺がスピノ攻略に参加しやすいように、大袈裟《おおげさ》に言ってくれているんだろう。

『それで、どうかな？』

「時間はあるし、大丈夫だぞ」

むしろ、申し訳ないほどだ。まあ、クルミたちが是非にと言ってくれているんだし、ここはご厚意に甘えておこう。

『やった！　決まりね！』

一〇分後、俺はイベントスピノのテリトリーへと続く坂の前で、クルミたち三人娘と合流した。

「やっほー！　沈没船ぶり！」

「さっきはクルミが無理言ったみたいですみません」

「くくく……スピノ爆殺は任せておいて」

相変わらずの三人だが、リキューの物騒な呟《つぶや》きは無視できん。

「爆殺？」

「うん。とりあえず作戦の説明をするね」

「頼む」

イベントスピノ相手の立ち回りだが、かなり研究されているようだ。ついさっき初討伐されたばかりのイベントモサと違って、討伐数も三ケタを超えるほどだという。

情報も非常に多く、安全に戦う方法も編み出されているらしい。

それが、火属性の爆弾を使う方法だ。スピノは、弱点である火属性のダメージを一定以上食らうと、よろけと後退を行うらしい。

爆弾の同時起動で火ダメージを与え続けることで、その動きを上手く封じることができるそうだ。

しかも最新の情報によると、好物の海水魚を設置することで誘導を楽に行えるという。

「うちの場合、リキューがいるからね。爆弾の数も威力も問題なし！　まあ、今回は地雷だけど。海水魚も大量に仕入れてきたから、ＨＰ三割切るまではハメ殺しになるだろうね」

「うわー、それは……」

リキューの爆弾を大量使用？　超派手な戦闘になりそうだ。自爆には気を付けなければ。

「でも、爆弾をそんなたくさん用意できるのか？」

「イベント内のアイテムを使っての量産体制は確立済みよ……くくく」

「さ、さすがリキューだな」

新たにイベントに持ち込めるようになったアイテムで、工夫をしたらしい。素材ではなく、素材に手を加えることができる特殊器具を持ち込んだようだ。

「で、白銀さんたちに活躍してもらうのは、残りＨＰが三割切ってからね！　そうなると魚での誘導ができなくなるって話だから、真正面から戦わないといけなくなるんだ」

「うちのパーティ、タンクは足りてないし、バッファーもいないんで、白銀さんにその辺をお願いしたいんです」

「ああ、それはさっき聞いてたから、少しパーティメンバーを入れ替えてきた」

サクラをファウと入れ替え、アイネと共にバッファー二枚体制にしてきたのである。

「あとこれを」

「うん？　これは？」

「刺身だ。一応ＨＰ回復速度上昇と、防御にバフが入るから、食べておこう」

「いいんですか？」

「全部そっちに任せるっていうのも、やっぱ気が引けるからな。まあ、簡単なものですまんが」

「そんなことないです！　やっぱり、バフの付くお料理はまだ貴重ですから！」

「しかも白銀さんの料理だもんね」

「くくく……美味」

刺身を食いながら軽く作戦の打ち合わせをした後、俺たちはイベントスピノのいる広場へと上がってきた。

入り口から覗き込むと、広大な円形の広場の中央ではイベントスピノが尾を枕にするように丸まって寝ている。

「相変わらず、戦い辛そうな場所だな」

「ムー」

周囲の崖の上からは無数の小さな滝が流れ込み、広場の八割くらいが沼地と化している。さらに葦《あし》に似た草が生い茂り、足場の状況は最悪だろう。

「いい位置だね！　あそこなら、地雷を設置する時間が稼げるよ」

「じゃあ、最初の作戦通りでいいよね？」

「うん」

「白銀さんも、お願いします」

「ああ！　ヒムカ、頑張るぞ」

「ヒム！」

俺の言葉に、ヒムカがグッと拳を突き上げて、やる気を見せてくれる。

「くくく……よろしくね」

「ヒム！」

実は今回、ヒムカは俺たちと別行動だ。事前の打ち合わせで爆弾に興味を示したヒムカを、リキューの助手に付けることとなったのだ。

勿論、地雷設置作業なども問題なくできることを確認済みだ。爆弾系のスキルを持っていなくても、器用ささえ高ければ問題ないらしい。

「よーし！　頑張ろー！　おー！」

「おー……くくく」

「おーだね！」

クルミを先頭に、広場へと突入する。

すると、即座にイベントスピノが反応した。

「グルルル……ガオオオォォォォオ！」

寝ていたスピノが立ち上がり、天に向かって咆哮する。だが、事前に聞いていた俺たちは怯《ひる》むことなく、湿地を走った。

「くく、またあとで」

「ああ！　ヒムカもまたあとでな！」

「ヒムー！」

リキューとヒムカが、俺たちから離れて壁際に寄っていく。そちらに、唯一濡れていない円形の陸地があるのだ。

リキューたちがそこに地雷を仕掛けるまで、注意を引くのが俺たちの仕事だった。

まあ、戦うわけじゃないけどね。

「よし、それじゃあいくよ！」

クルミがインベントリから取り出したのは、丸々と太ったおいしそうなビギニカツオだ。その直後、スピノの視線がビギニカツオに固定されたのが分かる。

「てりゃぁぁぁぁ！」

クルミはカツオの尾を掴むと、ブンブンと振り回し、思い切りカツオを投げ放った。

ヒューンと飛んで行ったカツオは、スピノを越えてその後ろに落下する。

「ガオオォォ！」

「やった！　成功だよ！」

行方を目で追っていたスピノが、そのまま反転してカツオを追って行ってしまった。スピノまっしぐらだ。話には聞いていたが、これほどだったとは。海の魚の中でもカツオが余程好きなのか、俺たちのことなんか完全に目に入っていないらしい。

実際、ヘイトを溜め過ぎない限り、プレイヤーよりもカツオを優先するそうだ。

「それじゃあ、リキューたちのところまで逃げるよ！」

「わ、わかった！」

「ムムー！」

リキューたちが爆弾を仕掛けた場所まで、急いで退避する。それから十数秒後。

「ガオオォォォ！」

カツオを食べ終えたスピノが、猛ダッシュで俺たちを追いかけてきた。かなりの速度だ。これ、カツオの投擲《とうてき》に失敗して変な場所に落としてたら、スピノに追いつかれることがあるかもしれん。気は抜けないな。

そして、俺たちに一直線に駆けてきて、地雷設置場所を思い切り踏みつける。

ボゴオォォォォン！

「ギャアアアオオォォォォオォ！」

足下から吹き上がった爆炎をもろに食らい、イベントスピノがバランスを崩して大きくよろめいた。倒れることはなかったが、その場から一〇メートルほど後ろ歩きで下がり、グルグルと唸り声を上げている。

「よし！　次の準備だよ！」

「くく……任せておいて」

クルミが再びカツオを取り出すと、投擲した。俺たちのことなど忘れたかのように、スピノがそのままカツオを追っていく。

その間にリキューとヒムカが新たな地雷を設置していくが、今度は間に合いそうもない。カツオを平らげたスピノが、再びこちらに視線を向けたのだ。

そんな中、今度はフィルマが投げたカツオが飛んで行く。

スピノが懲りずにそのカツオに釣られ、走り出すのが見えた。

「設置完了……くくく」

「ヒム！」

リキューとヒムカが地雷の設置を終え、ハイタッチしている。いや、リキューは少し屈んでいるから、ハイじゃないけど。

後はこれの繰り返しだった。カツオで気を引いている間に地雷を準備し、スピノに少しずつダメージを与えていく。

カツオを食べると僅かにＨＰが回復するのだが、それによってヘイトが下がる効果もあるらしい。食欲を無視してこちらに襲い掛かってくることはなかった。

また、リキューとヒムカが交互に地雷設置を主導することで、ヘイトを上手く分散させることができているようだ。

カツオと地雷を大量に準備する事さえできれば、本当に完封できるかもしれない。そう思っていたんだが、そうそう上手くいくはずもない。

スピノのＨＰが残り三割となったとき、聞かされていた通りに奴の行動パターンが変化した。

「ガアアオオォォォォォォッ！」

「後退しない！　狂暴化したよ！　こっからが勝負だからね！」

「うん！」

「くく……白銀さん頼りにしてるわ」

「よ、よし！　みんな、頑張るぞ！」

「ムム！」

「モグモ！」

ここからは、ガチの戦いだ。

メインタンクはクルミで、オルト、ドリモ、ヒムカがその脇を固める。クルミがピンチの時に、チェンジするためだ。

「アイネ！　ファウ！　防御力上昇をメインで頼むぞ！　ルフレも前衛の回復を！」

「フマ！」

「ヤヤー！」

「フムー！」

前線を支えることが、俺たちの仕事だ。ダメージはフィルマとリキューにお任せである。彼女たちの方が、俺たちよりも圧倒的に火力があるしな。

「白銀さん、無理はしないでくださいね！」

「くくく……ここで死なれたら、恩返しの意味がなくなる」

「分かってるよ。それに、俺は後ろから援護に徹するから大丈夫だ」

「くくく……フラグ立てた？」

「ふ、不吉なこと言うな！」

雰囲気のあるリキューに言われたら、本当っぽく思えちゃうだろ！

ただ、狂暴化したスピノは凄まじく強かった。いや、当たり前なんだけどさ。その前の地雷ハメが上手くいきすぎてて、ちょっとだけ舐めてました。

噛み付きに爪に尻尾攻撃。口から吐き出す水弾と、攻撃も多彩である。

まじで死ぬかと思うシーンが何度もあるね！

「グギャオオォォォォ！」

「ムムー！」

「オルトちゃん！　頑張って！　とりゃあぁぁぁ！」

「モグモー！」

攻撃を受ける度に、うちのモンスたちが大ダメージを食らってしまう。クルミが五、六発耐えた後に、オルト、ドリモ、ヒムカが順番に二発ずつ受け、その間にクルミを回復する。そんな風に、盾役が入れ代わり立ち代わりで攻撃を防ぎ続けることで、ギリギリ前線を維持することができていた。

「フマ～マ～」

「ラランララ～♪」

アイネとファウのバフも大活躍である。彼女たちの防御アップバフがなければ、もっとダメージ量が増えて回復が追い付かなくなっているはずなのだ。

それでもルフレだけでは皆の回復が追い付かず、俺もオルトたちの回復にかかりっきりだった。

しかし、しばらくするとそのローテーションが崩れ始める。

「ギャアアオオォォォォ！」

「うぎゃ！」

スピノに新しく加わった、水を纏った爪の攻撃で、クルミがノックバックさせられたのだ。スピノのHPが残り二割を下回ったことで、さらに狂暴になったらしい。

慌てて回復を開始するが、追いつかない。しかも、攻撃頻度がアップしやがった。その分防御力も下がったようだが、そこに付け入ることができるほどの余裕がない。

瀕死状態に陥ったドリモ、オルトをサクラ、クママにチェンジし、ギリギリ戦線を維持している状態だ。それでも、リキューやフィルマの攻撃で、何とか少しずつイベントスピノを削っていく。誰も諦めていないのが救いだろう。

イベントスピノはHPが一割以下になると、さらに行動パターンが変化した。地雷でダメージを与えまくっていたヒムカがターゲットになり、狙われてしまったのだ。

「グギャァァ！」

「ヒムー！」

「ヒムカ！　下がれ！」

ヒムカに下がるように言ったのだが、スピノは執念深かった。しかも、凄まじく速い。なんと、沼地の水の中を泳いで移動することで、超高速で動き回り始めたのだ。水面から出る巨大な背ビレが水をかき分けながら、逃げるヒムカを追っていく。

大慌てで逃げるヒムカだが、その背にイベントスピノの水弾が直撃した。つんのめるように湿地に倒れ込むヒムカ。

「ヒム……」

「や、やばい！」

弱点ダメージだったせいで、ヒムカは一発で瀕死状態だ。朦朧も入ったようで、立ち上がることもできない。

「そ、そうだ！　ヒムカ送還！　召喚、リック！」

俺は大慌てでヒムカを送還すると、リックを呼び出した。スピノの目の前にいたヒムカが姿を消し、俺の目の前にリックが現れる。

「ギャオオゥ？」

ターゲットが消えてしまい、スピノが動きを止めてしまう。ＡＩでも困惑することがあるらしいな。

「ルフレも魔力が尽きたか……。ここからは攻撃重視でいくしかないな。ルフレ送還！　召喚ペルカ！」

「ペペーン！」

「よーし！　私も頑張っちゃうよ！」

「私も！」

「くくく……囮《おとり》役は任せて」

リキューが宣言した通り、ヒムカの次のターゲットはリキューであった。彼女も地雷ダメージでヘイトを稼いでいたからな。

ただ、ヒムカの場合はカウンター能力である逆襲者の挑発効果もあり、さらにヘイトを稼ぎまくってしまっていたのだ。そのせいで、リキューよりも先に狙われたのだろう。

「クママとサクラはリキューの護衛！　リックとペルカは攻撃しまくれ！」

「クックマ！」

「――――！」

　スピノとの殴り合いを始めてから五分。

「今だ！」

「たあああぁぁ！　打ち壊しクラッシャー！」

「ギャァァァ……」

　五倍ほどに巨大化したハンマーを振り下ろすという、クルミのド派手なアーツがスピノの鼻っ面に炸裂する。

　それがトドメとなり、スピノの巨体がポリゴンとなって消えていった。俺の樹木魔術が軽く足止めになったっぽいし、三人娘に寄生しっぱなしとはならずに済んだだろう。

「ふぅ。何とか勝てたか……」

　途中、スピノがランダムで放つ水弾を食らった時は、本当に危険だったけどね。リキューのフラグ発言が現実になってしまうのかと、マジで焦ったのだ。

「やった！　やったね白銀さん！」

「くくく……ナイスファイト」

「ペルカちゃんも頑張ったね！」

「ペペーン」

ペルカはフィルマに高い高いされて、文字通り持ち上げられている。どちらも楽しそうで、Ｗｉｎ－Ｗｉｎの関係だ。

「ファウとアイネは、サポート途切れさせずによく頑張ってくれたな」

「フマー！」

「ヤヤー！」

俺がアイネたちを褒めていると、クママとリックも近寄ってきた。どちらの顔にも「俺たちも頑張りましたけど？」的な表情が浮かんでいた。

「お前たちも、途中で呼び出されてもパニックにならず、よく頑張ってくれたな！」

「クマ！」

「キュ！」

クママと、その頭上で喜ぶリックの獣コンビ。リックめ、湿地で濡れるのが嫌でクママを足代わりにしておるな。

「勿論、サクラもだぞ」

「――♪」

しかし、なんだかんだ言ってボス恐竜を全種類倒してしまった。

「さて、報酬の確認をしますか」

スピノの素材で何かいいものはあるかな？

ピッポーン。

「うん？」

『イベントボスを全て撃破しました。ユートさんに『恐竜を倒す者』の称号が授与されます』

「あ、称号ゲットだ」

「「えっ！」」

俺の呟きが聞こえたのか、クルミとフィルマが驚きの声を上げた。リキューもかなり驚いた顔をしている。

でも、ボスを三種倒したプレイヤーが俺だけとは思えないし、他にもゲットしたプレイヤーはいるだろう。ネックはモサだったろうが、その倒し方も一応分かったしね。

しかし、アナウンスはそれで終わらなかった。

『イベントボス全てを少人数で撃破。及び、全イベントボス戦にて貢献度上位に入りました。ユートさんに『恐竜を討滅する者』の称号が授与されます』

『イベントボスとの戦闘時間が一定以上。及び、イベントボスの特殊行動を規定回数確認しました。ユートさんに『恐竜を観察する者』の称号が授与されます』

おお？　マジ？　なんと、さらに二つも称号をゲットできてしまったんですけど！

「どうしたの白銀さん？　変な顔」

おっと、美形のはずのアバターがブサイクになるくらい驚いてしまっていたらしい。

「いや、さらに称号が手に入ってしまってな」

「うぇ？　じゃあ、二つも称号ゲットしちゃったの？」

「いや、三つだ」

「はえ？」

「称号が一気に三つも手に入ってしまった」

「「「えええええええ！」」」

今度はリキューも一緒に叫んでいる。珍しいものが見られた。

いやー、称号に慣れている俺でも驚いちゃったもんな。しょうがないか。

「どど、どういうことなんですか！」

「え？　称号って、そんなたくさん手に入る物だったっけ？」

「くくく……さすしろ」

とりあえず、俺は手に入った称号を三人に見せてみた。

「なるほど……。ボスをただ倒すだけじゃないってことね」

「この少人数って、チーム戦以下じゃないとダメってことかな？」

「くくく……特殊行動、どれのことかしら？」

特殊な行動というからには、普通に戦っていては見られない動きだろう。

しかし、考えたところでよく分からない。どの行動が特殊なのか推察するほどに、ボスの情報がないからね。

唯一推測できたのが、スピノである。多分、カツオを追っていく行動か、爆弾を食らって後退する行動だろう。

他は、普通に戦っていても見られる動きばかりであるそうだ。クルミたちはスピノを倒すためにかなり情報を集めたそうなので、自信があるようだった。

モサ、ブラキオに関してはお手上げだ。

「でも、少人数までなら私たちでも狙えそうだよね」

「うん」

貢献度上位と書いてあるが、ブラキオ、スピノに関してはレイドじゃなければオッケーだと思うんだよね。レイド戦の場合は、貢献度に関するアナウンスがあるそうだし。それがない今回は、参加者全員が貢献度上位扱いでアナウンスをする必要がないのだろう。実際、俺は称号取れてるし。

モサは数十人くらい参加していたはずだが、あれで少数なんだろうか？　まあ、湖の側にいれば全員が参加可能だし、ブラキオやスピノとは設定が違うのかもしれない。

「くくく……最低でも、三種撃破はいける」

「だね！」

モサを狩りに行くなら、余ってる琥珀餌を譲ってやろう。もう使わんし。

「そういえば、称号って何か効果はあるの？」

「イベント終了時に、イベトとイベント引換券が貰えるっぽいな。あと、このイベント中は恐竜に対してダメージボーナスが得られる」

ただ、ダメージボーナスはあまり意味がないんじゃないか？　だって、イベントの最終ボスは悪魔っぽいし、恐竜ボスを全て倒してしまった以上、この後恐竜と戦う機会は少ない。

俺以外のプレイヤーなら、イベント終了前に恐竜素材を求めて恐竜狩りをする人もいるだろうから、有用なんだろうけどね。恐竜ランニングが捗りそうだ。

「ペン？」

「おっと、すまんすまん。お前らを放置しちまったな」

称号について議論するあまり、報酬の確認が完璧に止まってしまっていた。

モンスたちが暇そうにしている。

「とりあえず、残りの報酬を確認しちゃおう」

「そうですね」

「驚きすぎて、すっかり忘れてたよ」

「くくく……びっくらこいた」

まずはドロップからだ。

「初回討伐報酬はなしで、普通のボスドロップのみか」

恐竜の鋭爪や上鱗、肉である。棘恐竜《とげきょうりゅう》の帆膜《ほまく》、帆骨《はんこつ》がレアドロップかな？

「やった！　これだけ恐竜素材があれば、色々と作れそうだよ！　イベトもたくさん！」

「爆弾の材料になりそうな物はないわ……残念」

「この帆骨っていうの、私の鎧に使えるかも！　もっとほしい！」

フィルマの場合、水中でも重さや性能面で問題のない装備が必要だ。水に親和性の高そうなスピノやモサの素材は、喉から手が出るほど欲しいのだろう。

喜色満面でドロップを確認している。

「モンスたちのレベルも上がったか」

俺には、ドロップ以外にも確認しなくてはいけないことがある。

モンスたちのステータスだ。全員レベルがアップしていたのである。ペルカが三つ、アイネが二つ、他の子たちが一つずつだ。

サクラのレベルが四〇になったことで、新たに緑の手というスキルを習得していた。植物に関係する作業全てに微ボーナスが付くという、ある意味サクラに最善のスキルである。多分、畑仕事だけではなく、植物採取、木工、樹魔術、全部が強化されるだろう。強化率は大したことはないだろうが、絶対に腐らないスキルだった。

「アイネも新スキルがあるな。染色？」

「フマー！」

布を染めることで、色を付けることができるようだ。使う染料や色の付け方によっては、特殊な効果も期待できるかもしれない。

「服飾系のスキルを覚えるかと思ったら、布作りに特化する方向なのか」

まだ本格的な布作りはできていないが、養蚕《ようさん》箱から糸が採れているし、そろそろアイネにも生産を大々的に行ってもらうか。

「ペルカがレベル二〇で覚えたのはスケート？」

氷だけではなく、滑ることが可能な場所ならばバランスを崩さず、滑走することが可能なスキルであるようだ。まあ、氷上以外で滑る場所って言われても具体的には出てこんけど。

ある意味ペンギンらしいスキルと言えるだろう。

「で、最後はリックだ。立体機動は、リスが四〇で覚える汎用スキルだな」

その代わりに跳躍が消滅している。上位スキルである立体機動に統合されたらしい。あとは、前歯撃が超前歯撃に進化している。こっちは単純に威力が上昇したようだ。

ただ、それだけではなかった。

「やったなリック！　進化できるようになってるぞ！」

「キュー！」

レベル四〇に達したリックが、進化可能となっていた。やはりリスは進化が早いな！　うちでは二段階目の進化一番乗りだ。

「何を選ぼうかなー」

「キュ？」

リックが俺の肩に乗っかり、ウィンドウを一緒に覗き込む。

アミミンさんのページによると、木目リスの進化先は三つのはずだ。

「レッサーカーバンクル、庭師リス、樹海リス、樹霊リス、大樹リス？　あれ？　五つもあるぞ」

最初の三つは予想通りである。

レッサーカーバンクルは、リスの正統進化ルートだ。体のサイズは少しだけ大きくなり、毛並みは茶色。そして、額に宝石が出現する。この宝石の色は進化前の種族によって変わるらしい。木目リスだと、緑色の宝石が生み出され、樹魔術などを使えるようになるのだ。

庭師リスは、育樹などを持った生産もこなすリスである。うちにとって悪くない進化だろう。畑がより充実するのだ。それに、庭師リスになると、二足歩行でオーバーオールを着込んだ半獣半人タイプに変化するらしい。ドリモの仲間って感じだな。絶対に可愛いに決まっている。

そして、俺の本命であった樹海リスは、森林特化型だ。戦闘力がかなり上昇し、メインアタッカー並みの攻撃力を発揮することもあるらしい。体はやや大きくなり、毛色はこげ茶色に変わる。しかも、モフモフ度が相当アップするという。それだけでも選ぶ価値はある。というか、掲示板で絶賛されていたその毛並みを、ぜひ味わいたい！

ただ、四つ目の樹霊リスと、五つ目の大樹リス。これが、初見であった。しかも、どちらも中々面白い能力をしている。

まずは樹霊リス。

「精神魔術と樹呪術が新スキルか。にしても、じゅじゅじゅじゅちゅ――ごほん。樹呪術って超言い辛いな！」

精神魔術を掲示板で検索してみると、かなりのレア魔術であるらしい。プレイヤーでも習得できている者は多くないようだ。解放条件が分かっておらず、今も検証中とされていた。

精神魔術の主な術は三種類あり、一つが敵を恐怖や怯懦《きょうだ》状態にする精神異常系の術。相手のヘイトをあえて高めたりする術もあるそうだ。

そして、それらとは真逆の、仲間を精神異常状態から守るための術。仲間の精神耐性を上昇させたり、精神異常を回復させることが可能であるらしい。

最後に、言葉が通じない相手とのコミュニケーション用の術。念話や読心系の術が存在しているっぽかった。まあ、これは特定のＮＰＣ相手にしか使えないそうだが。

「精神魔術、面白そうだな」

リックは遊撃のポジションだし、使い道は色々とある。それに、状態異常の回復手段が増えるのもありがたい。

「で、もう一つの樹呪術、掲示板にも全く情報がないな」

ウィンドウで樹呪術を確認してみるが、詳しい情報は分からない。鑑定でも。詳細はわからないのだ。

樹呪術：樹木に関することに特化した呪術。

一応、呪術というものはある。長ったらしい儀式などを行い、普通の魔術よりも威力の高い術や、長期継続効果のある術を使うためのスキルだ。フィールドというよりは、ホームや畑で使用し、効果を高めることなどができるという。

「樹木に関する呪術って、何だ？　成長を促進させるとか？　まあ、それならそれで使えるけど……」

どうしようかね。でも、情報がないってことは、それだけレアであるということだ。せっかく手に入れられるチャンスなんだから、これを選んでおくべきかな？

「ま、とりあえず大樹リスの確認が先か」

これまた聞いたことがない種族である。

「スキルは、樹霊リスとほぼ同じかな？　いや、一つ多いか」

深緑の心というスキルが増えていた。植物と心を通じ合わせるとなっているが……。詳しい効果は書いていないな。まあ、この手の曖昧《あいまい》な書き方の場合、レアなスキルの場合が多いから色々と期待できるだろう。

さらにチェックしていくと、違うのはスキルだけではなかった。

「うん？　なんか、変な項目があるな」

進化条件という、見たことがない文字があった。タッチしてみると、大樹リスへの進化条件が書かれている。

「レベルに、従魔の心を得ていること。で、アイテム、世界樹のどんぐり？」

以前、オークションで偶然手に入れたアイテムである。畑に植えることもできず、アイテムとして使うのももったいなくて、結局インベントリの中に仕舞いっぱなしになっていた。

「このどんぐりがなきゃ、進化できない特殊なルートってことか？」

だとしたら、めっちゃ強いんじゃ……。なんてったって、世界樹だもんな！

「リック、元々は樹海リスにするつもりだったけど、大樹リスでいいか？」

「キュ！」

文句ないらしい。サムズアップで返してくれた。なら、ここはレア種族で行ってみますか。

「それじゃあ。リックを大樹リスに進化だ！」

世界樹のどんぐりを使用するかどうかの問いに、ＹＥＳと答える。

「キキュー！」

リックが強い光に包まれるとともに、インベントリから小さいどんぐりが飛び出していた。

自動で使用した扱いになるのだろう。

何度も見ているんだが、やはり進化は毎回ワクワクするな。

そのまま両者が光と化して混じり合い、そして――。

「キュー！」

「おー！　毛色が変化したな！　でも、形的にはそう大きな変化はないか」

毛の色は、前と同じ灰色に戻った。いや、銀色っていう方が正しいかもしれない。白銀と灰色の中間位の、落ち着いた銀色だ。背中の菱形模様も灰色リス時代と同じである。ただ、菱形の色は白ではなく、柔らかい緑だった。エメラルドグリーンとでもいえばいいか？

そして、額にはつるりとした緑色の宝石が張り付いていた。これまた菱形の、エメラルドのような色の美しい宝石だ。リスなんだけど、非常にファンタジー感が強い姿だった。

「体のサイズも木目リスの時とそう変わらんな」

「キュ」

「外見の変化はこんなもんか？　いや、モフモフ度が上がった？」

「キュー？」

「や、やっぱりだ！　なんだこりゃ！」

今までもフワフワでモフモフだったのに、この毛並はそれを超えている！

「モッファモファのフォッカフォカだ！　いや、そんな適当な擬音では表せんくらいにモフモフだ！

これはもうモフモフではない！　モフモフ様だぁぁ！」

しばらく新たなるモフモフ毛皮を堪能していたら、いつの間にか三人娘が俺の前に立っていた。

おっと、その顔を見たことでようやく冷静になれたぜ。だって、明らかに困った人を見る目なんだもの。

出張先で上司が酒を飲み過ぎて、仲居さんに絡み出した時の同僚にそっくりな目だ。あの時に「ああはなるまい」と誓ったはずなのに、俺はモフモフに執着するあまり、アレと同類になりかけていたらしい。

「……すまん」

「だ、大丈夫ですよ！　私も動物さんと遊んでいる時には同じ感じになりますから！」

「そ、そうそう。私も気持ちは分かっちゃうよ？」

「以下同文」

気を遣わないで！　女子高生（推定）に気を遣われたら、余計にダメージが！　俺のダメっぷりが際立っちゃう！

「は、はは。そろそろ移動しようか？」

「ちょ、白銀さん！　これで終わりじゃないよ！　ここの沼地で、薬草とかがたくさん採れるんだってさ！」

「あ、ああ、そう言えば」

すっかり忘れていた。この後の悪魔戦に向けて、ポーションなどはあればあるほどいい。ここでできる限り薬草を採取しておきたいのだ。

「じゃあ、みんな。戦いの後だけど、もう一仕事だ。頑張ろう」

「――！」

「キキュー！」

「フマ！」

第三章　最終日の始まり

「あ、いたいた。アリッサさん！」

「あれ？　ユート君？　ど、どうしたの？　またまた何か大発見？　そうなの？」

いくつか買いたい情報があるのだ。それに、売れそうな情報も少しあるし。というか、称号系は絶対に早めに売った方がいいと、三人娘に勧められたのだ。

クルミたちと一緒にイベントスピノを撃破した後、俺はアリッサさんの下を訪ねていた。

スピノを倒せたのは彼女らのおかげでもある。情報料を一部渡すと伝えたんだが、称号の入手情報を教えてもらっただけで充分だと、断られてしまった。

その代わりに、琥珀餌と余っているメガネウラを渡しておいたけどね。モサ討伐を頑張ってほしい。

にしても、忙しい時に来ちゃったのか？　俺の顔を見た時のアリッサさん、凄い顔をしてたけど。

「とりあえず、情報を売ってほしいですね」

「……ほっ。分かったわ、こっちで話しましょう」

喫茶店の個室に移動して、改めて欲しい情報を告げる。

「それで、買いたい情報って？」

「まずは、リスの進化先の情報についてなんですけど」

「ああ、なるほど。そろそろ進化なのかしら？」

今、リックは連れてきていない。ここに来る前に簡易ホームに寄って、みんなを置いてきたのだ。スピノとの戦いは激戦だったし、休ませてあげないとね。

「木目リスの進化先って、レッサーカーバンクル、庭師リス、樹海リスの三種類でしたよね？」

「なんだ、もう知ってるんじゃん」

「それで、これを見てほしいんです」

「……ちょっと待って」

「はい？」

俺はステータスウィンドウを見せようとしたんだが、何故かアリッサさんが画面から目を逸らしていた。

そして、何故か変な呼吸をしていた。

「ひっひっふー、ひっひっふー」

なんでラマーズ法？

「あ、深呼吸と間違えた！」

「だ、大丈夫ですか？」

いや、アリッサさんジョークだったのかもしれん。笑うべきだったか？　迫真過ぎて、思わず心配しちゃったのだ。

「うん。何とか落ち着いたわ。で？　何を見ろって？」

「進化したリックのステータスなんですけど」

「つまり、すでに進化済みであると。そして、情報のない新種族だと」

「そうです」

「うん。どうせこうなるだろうなって思ってた！　それじゃ、見せてもらおうかしら！」

アリッサさんに促されて、俺はリックのステータスをアリッサさんの前に表示した。

「大樹リス？」

「そうなんです。木目リスから進化しました。世界樹のどんぐりっていうアイテムが使用できまして」

「はい？　どういうこと？」

「えーっとですね――」

俺はリックが進化できるようになった時に、知らない進化先が二つ出たことなどを語って聞かせた。

ログやスクショを見ながら、唸るアリッサさん。しばらく固まっていたが、何かに気付いたらしい。

「……なるほどね。ユート君は確か、大樹の精霊の加護の称号を持ってたわよね？」

「はい。え？　もしかしてそれが関係してるんですか？」

「樹霊リスはね。実は、他のプレイヤーでこれによく似たリスに進化した人がいるのよ」

アリッサさんにその情報も教えてもらう。そのプレイヤーのリスが進化した先は、土霊リス。元は木目リスではなかったそうだ。

「それで、そのプレイヤーが土精霊の加護っていう称号を持っていたのね」

「なるほど。となると、称号をくれた精霊によって、進化先が変わると？」

「多分。ユート君のおかげでその可能性がグンと高まったわね」

土精霊の加護は、なんと土霊の試練をクリアするとゲットできる称号であるそうだ。

「え？　クリアされてたんですか？」

「うん。土霊門だけね。他もそれなりに攻略が進んでるから、イベント明けには全部攻略されるんじゃないかな？」

攻略情報も売っているそうなので、もし挑戦する時にはお世話になろう。

「まあ、大樹リスの方は、表示されている情報通りでしょうね。私も、このタイプの進化を見たのは初めてよ」

「マジっすか？」

「ええ、使うとモンスターを進化させるアイテムはあるわ。でも、所持していることが条件の一つになる様なアイテムは初めて」

さすがオークションのアイテム！　かなりレアだったんだな。

ただ、俺が本当に知りたいのは、ここからだ。

「スキルを見てください。精神魔術と樹呪術と深緑の心。これの情報が知りたいんですね」

「へえ、精神魔術なんだ」

「土霊リスは違うんですか？」

「うん。あっちは精霊魔術だったね」

なんだろう。精霊魔術の方が強そうなんだけど。実際、相性の良い精霊を召喚して攻撃が可能という、かなりレアで強い魔術であるそうだ。

精神魔術も負けないくらいレアであるという。能力に関しては、ほとんど掲示板と変わらない情報しかなかった。

ただ、精神魔術を使わないとコミュニケーションを取れない特殊NPCの場所を教えてもらったので、行ってみてもいいかもしれない。普通だと、精神魔術や念話の使えるNPCと仲良くなって、協力してもらわないといけないイベントなんだとか。

まあ、武術系スキルの特殊進化イベントのNPCって話だから、俺には意味がないと思うけどね。

「樹呪術の方は？」

「こっちは完全に初見ねぇ。土霊リスが土呪術を覚えていたから、多少推測はできるけどね」

土呪術の場合、ホームの土系施設の効果上昇。戦闘時に、土魔術耐性。仲間の土魔術の効果上昇といった能力があるようだった。

「じゃあ、樹呪術も似た効果があるかもしれないってことか」

「多分ね。詳しく分かったら、情報売りにきてね」

まあ、色々と試してみよう。

「深緑の心も初見だわ」

「こっちもですか」

「こっちの情報も、何か分かったら売りにきて。それで、他に買いたい情報はない？」

「これの使い道って、どうですかね？」

アリッサさんに尋ねられて、俺は気になっていることがあったのを思い出した。

「ああ、怪魚の切り身ね。それ、食べても美味しいけど、モサを釣り上げるのに使えるから、高値で買い取ってるよ？」

古代魚の琥珀身を使えば、古代魚そのものを使わなくても、モサを陸に上げられるらしい。なるほどね。

「買いたい情報は、そんなところですかねぇ」

「ふーん。じゃあさ、何か売れそうな情報はないの？」

「ありますよ」

「あ、あるの？　リスの情報だけじゃないの？」

「はい」

「さ、さすがユート君……。配信から数時間しか経ってないのに……。そ、それで、どんな情報なのかしら？」

「これ、見てください」

「え、ええ」

アリッサさんがゴキュリと喉を鳴らしながら、険しい表情でウィンドウを覗き込む。

そんな、深淵《しんえん》を覗き込もうとしているかのような決意の表情を浮かべられると、俺まで緊張するんですけど。

ただ、称号関係は毎回高く売れるし、今回は三つもあるからな。結構自信があるんだ。

「ふふん。どうですか？」

俺はログを一部だけ表示させせつつ、ゆっくりとスクロールさせていく。我ながら、いい演出だね。

アリッサさんが、かぶりつくようにウィンドウを覗き込んでいる。

まずは、最初に獲得した『恐竜を倒す者』の称号を見せた。すると、アリッサさんの肩から力が抜けるのが分かった。しかも、あっさりと言い放つ。

「ああ、この称号」

「え？　もしかして既出でした？」

「そうよ。もしかして、称号の情報、これだけじゃないんじゃない？」

「そっちもご存じでしたか」

こんなに溜めて、もったいぶってみせたのに、もう知られている情報だったとは！　か、顔が熱い！　凄いなＬＪＯ！　こんなところまで再現してるのか！

俺は恥ずかしくなって、ささっとログを全表示にした。そして、やや早口で情報を語る。

「そりゃあみんながボスを倒してるんだし、称号をゲットしてるのは俺だけじゃないですよね」

「え？」

「もうご存じみたいですけど俺が売りたかったのは『恐竜を倒す者』、『恐竜を討滅する者』、『恐竜を観察する者』の三つの情報です」

今後は調子に乗るの止めよう。こんな恥ずかしい思いを二度としないように。

今回のイベントだと、古代の島を最初に解放したりもしたし、トップグループにいるつもりでいたんだけどね。

考えてみたら、島にはもうたくさんのプレイヤーが来ているんだし、一日で全種類のボスを撃破するようなプレイヤーがいてもおかしくはなかった。ブラキオ、スピノを倒した後で、モサを初撃破したと考えれば、すでに称号の情報をゲットして売りに来ててもおかしくはないのだ。

そもそも、俺が調子に乗って上手くいったことなどあっただろうか？　いや、ない。つまり、慎ましく生きていくのが俺にはお似合いってことなんだろう。

「アリッサさん、調子乗ってすみませ――」

赤面する顔で俺が頭を下げようとしたら、アリッサさんの叫び声がそれを遮った。

「うみゃー！」

「うわー！」

耳がキーンとした！

「ユート君が来た時点で、絶対にこうなるって分かってたのにぃぃぃ！　どうして油断したのよ私ぃぃっ！」

アリッサさんがいきなり頭を抱えて叫んだ。

「え、ええと……」

「何よっ！　恐竜を討滅する者ってぇぇ！　恐竜を観察する者って何なのよっ！　海賊の恩人じゃないの～!?」

「海賊の恩人？」

「沈没船で手に入る海賊旗を、廃村の墓地に持っていくと手に入る称号よ！　配信で沈没船を攻略したみたいだから絶対にそっちだと思ってたのにぃぃぃぃぃ！」

どうやら俺の入手していない称号があるらしい。あとで取りに行こう。それよりも、今は俺の所持している称号の情報だ。

「えーっと、つまり、この二つの称号の情報は売れると？」

「高く買い取らせていただきますっ！」

結局、情報料は差し引き全部で16万イベトにもなった。討滅する者はある程度取得条件も分かっているしね。これが高いんだろう。

ボス戦で得たイベトなんかも合わせると、30万イベトを優に超えている。

これでもっとたくさん、飼育ケースが買えるぞ。香水とかもたくさん買っておこう。

「い、今から情報を売りまくらないと、イベント順位が……。ポリシーには反するけど、もう少し高く……。いえ、ダメよアリッサ。悪魔に魂を売り渡してはダメ！　いつも通り、足が出ない程度の値段で売らないと……。でも、それだと順位が……！」

掲示板

【第二陣イベント】ここは現在開催中の第二陣記念イベントを語るスレ Part5【開催中】

・イベント関連の情報求む
・攻略情報じゃなくても OK
・小さな疑問などでも構いません

：：：：：：：：：：：：：：：

277：マルカ
いえーい。モサ倒せたー。
貢献度 10 位内にも入っちゃったよー。

278：みむら
俺もだ。
人数揃ってれば、難しくはなかったな。

279：ムラカゲ
あの動画のおかげで、スピノランニングが捗るのでござるよ。
ただ、カツオも爆弾の原料も高騰してきて、手に入れるのが大変でござる。

280：メェメェ
私たち、サンマで挑んだら失敗しました！
サンマはカツオほど好きじゃないみたいで、ヘイトがこちらに向きやすいみたいです。

281：望月六郎
琥珀餌も少し高くなってきてるな。

少々面倒だが、自分で作った方がいいかもしれない。

282：マルカ
またまた配信爆弾が猛威を振るっております。

283：みむら
しかも、今回も白銀さんが主役というね wwww

284：マルカ
全ボス、白銀さんのせいで狩られまくり。

285：ムラカゲ
我らにとっては大変に有り難い事でござったが、このせいで白銀さん自身の順位が脅かされることにはならぬのだろうか？

286：望月六郎
なってるだろうなぁ。
前線組なんか、スピノを周回してるし。
1 戦で 4 万イベト。爆弾やカツオなどの準備に 2 万使ったとしても、2 万イベトだ。
10 周できたら 20 万だぞ？
まあ、防具の修理とかもしなきゃいけないから、さすがに 10 周は難しいと思うけどな。

287：メェメェ
準備だけで 2 万て……。
大盤振る舞いで 2000 イベトとか言ってた自分たちが恥ずかしい。

288：みむら
爆弾が高いんだよな。

まあ、上位のガチ勢と比べるのは止めておけ。
奴らはガチだから。

289：メェメェ
なるほど、ガチなんですね。

290：マルカ
そのガチさんたちでも、モサは中々周回できないみたいだね

291：みむら
他のボスと違って、パーティ単位で倒すのは難しいからな。

292：メェメェ
そうなんですか？
琥珀餌があったら、何とかなるって聞いたんですけど？

293：マーダーライセンス・バキ
・一度倒すとリポップまで時間がかかる。
・リポップを狙っているパーティが常に複数いるから、独り占め不可能。
・そもそも、池の周辺にいるプレイヤーなら誰でも参加可能。そのため、自分たちだけが利益を得ることが難しい。
・HP が多く、単純に時間がかかる。
・参加プレイヤーの質によっては、他のボス戦の倍以上かかる場合も。

以上の点から、上位を目指しているガチ勢にはモサが不人気。
実際、水中で倒そうとするとメチャクチャ時間がかかる。
水上に釣り上げる方法を発見したやつ、マジで感謝。

294：ムラカゲ
それ、白銀さんだという噂でござるな。

295：マーダーライセンス・バキ
マジ？
初回のモサ戦は、情報を広めてるプレイヤーが少ないんだよね。
一番活躍した訳じゃない自分が、情報を漏らせないって感じでさ。

296：マルカ
それ、絶対にMVPは白銀さんじゃない？

297：みむら
だから「一番活躍したのは自分じゃないんで」っていう感じになるわけか。
納得だ！
それに、見守り隊も怖いしな。

298：メェメェ
まあ、白銀さんですもんね。

299：ムラカゲ
今回のイベントでも大活躍でござるな。
ブラキオ、スピノ、モサ。全て白銀さんの配信によって攻略が楽になったのでござるよ。
いや、そもそも古代の島を発見したのが白銀さんでござるからな。
恐竜たちの受難は全てかの御仁のせいといっても過言ではござらん。

300：マーダーライセンス・バキ
しかも、まだ悪魔戦が残ってるしね。
アンモライトの有効性によっては、全ボスが白銀さん情報によって攻略されてしまうという……。

301：みむら
運営、息してる？

302：マルカ
何か制限入ったりしちゃうのかな？
さすがにこれだけ大暴れすると、運営に目を付けられちゃいそう。

303：望月六郎
無理じゃないか？

304：メェメェ
なんでですか？
モンスちゃんを弱体化とか、有り得そうですけど……。

305：望月六郎
白銀さんが凄いのは、ステータスや能力面の部分じゃない。
斜め上の行動と発想力で、色々な発見をするのが凄いんだ。

306：マーダーライセンス・バキ
そうそう。ステが下がっても、大して変わらないんじゃないかな？
そもそも、白銀さんのせいでテイマー優遇とか言う奴いるけどさ、テイマーってどちらかと言えば底辺寄りの評価だぞ？

307：メェメェ
そうなんですか？
私は友達とパーティ組んでるからテイマーになりたいとは思えないですけど、１人で色々なモンスちゃん連れてて、強そうですよ？

308：望月六郎
確かに、ソロでもパーティを組める、数少ない職業ではある。
しかし、デメリットもある。
まず、プレイヤー本人のステータス。全体的に伸びが悪く、ステータスがかなり壊滅的。

必要なスキルにポイントを振ってるとステには振れないし、個人としては最弱クラスの職業と言える。

309：ムラカゲ
確かに、白銀さんは１人ではあまり強いイメージはござらんな。

310：望月六郎
次に、モンスの能力。確かに可愛いし、有能。だが、プレイヤーには劣る。
特化されている面ではプレイヤー並だが、他の面では初心者プレイヤー程度の能力しかないことも多い。
結局、パーティをしっかり組んで作業を分担してるプレイヤーたちには及ばない。
入れ替えることで、穴を埋めることは可能だが、アミミンさん並のモンスを揃える必要がある。

311：マルカ
まあ、確かにそうかもね。モンスの能力どうこうじゃない。
白銀さんなら、たとえモンスを取り上げられて１人きりになっても、結局何やかんやで変なプレイしそうだもん。

312：みむら
白銀さんから本体のモンスを取り上げたら、消滅しちゃうじゃないか！
まあ、白銀爆弾の連続投下を食い止めたいなら、白銀さんがやりそうなことを予測しておいて、おいそれと発見できないようにするとかじゃない？

313：ムラカゲ
それをされると、もう拙者たちには絶対に発見できないのでは……？

314：メェメェ
私、無理です。

315：マーダーライセンス・バキ
僕も無理だろうね。
それに、白銀さんの行動を予測したとしても、結局白銀さんはその情報を発見しちゃいそうな気がするし。

316：マルカ
ありえるわー。

317：望月六郎
白銀さんだからな。

318：ムラカゲ
結局、白銀さんは白銀さんというだけで凄いから、何があっても白銀さんであるということは変わらないってことでござるな。

：：：：：：：：：：：：：：：

【有名人】白銀さん、さすがです Part12【専門】

・ここは有名人の中でもとくに有名なあの方について語るスレ
・板ごと削除が怖いので、ディスは NG
・未許可スクショも NG
・削除依頼が出たら大人しく消えましょう

：：：：：：：：：：：：：：：

73：てつ
そういえば、いつの間にか名前変えたか？

74：チョー
同じパーティにチュー助っていう人が入ってきて、チョー助とチュー助で紛らわしかったからさ。
リーダーとか指示出すとき大混乱よ。
俺は、イベントの報酬で名前変更アイテムゲットしてたし。

75：ツンドラ
確か、本来は課金アイテムだっけ？

76：チョー
そうそう。と言っても安いけど。
確か、300円くらいだったかな？

77：タカシマ
白銀爆弾が再び投下されたなり。

78：チョー
いや、すでに1スレ消費されるほどに語られたが？
ようやっと落ち着いて、雑談モードだったのだが？

79：タカシマ
3人娘の動画のことじゃないぞ？

80：ツンドラ
なんか、前も同じようなやり取りをした気がする。

81：てつ
そう言えば、あったかも。
あの時は米爆弾だったか？　となると、今回も？

82：苫戸真斗《とまとまと》
やだ、なにそれ。こわい。

83：タカシマ
まあ、今回は白銀爆弾（推定）。だが。

84：苫戸真斗
どういうこと？

85：タカシマ
バザールで白銀さん発見　→　一緒に早耳猫のサブマス　→　早耳猫が商談に使っている喫茶店に入っていった　→　俺、何かあると思い喫茶店前で待機　→　しばらくすると、ホクホク顔の白銀さんと、対照的な顔のサブマスが出てくる　→　早耳猫でサブマスおすすめの重大情報ゲット。

これ、誰が見ても白銀さんが売った情報だよね？

86：チョー
タカシマの行動がリアルだったら完全アウトな件について。

87：てつ
タカシマというか、ヨコシマな件。

88：ツンドラ
情報によっては、ギルティ。

89：タカシマ
いやいや、セーフでしょ？　突もしてないし！

90：苫戸真斗
まあ、私たちも人のこと言えませんが……。

91：チョー
確かに。ブーメランだった。

92：てつ
それで？　どんな情報なのかね？
気になるなー。

93：タカシマ
露骨な話題転換ありがとう。
まあ、称号に関してだな。

94：ツンドラ
まじか！　ていうか、またか！
白銀さん、これで称号何個だ？

95：てつ
しかも、重大情報と言うからには、取得方法も明かされているんだな？

96：チョー
まじか！　まじなのか？

97：タカシマ
まあまあ、慌てなさんな。慌てる何とやらは貰いが少ないというだろう？

98：苫戸真斗
え？　他にも重要な情報が？

99：タカシマ
なんと、早耳猫でその称号の取得を狙うツアーを開催するらしい。
参加できるのは、その称号の情報を買ったプレイヤーだけ。
参加費は前金で3000イベト。取得成功時に、2万イベトだそうだ。
必要なアイテムなんかは早耳猫が用意してくれるっていうし、狙ってみるのもいいかもね。

100：チョー
こうしちゃいられない！　早速逝ってくる！

101：ツンドラ
俺はどうしようかな。
2万は高すぎるんだけど。

102：てつ
くっ。俺は既にスケジュールギリギリなんだよ！
図鑑が……！

103：苫戸真斗
私、どうしましょう……。
難度も分からないし……。

104：タカシマ
ちな、俺はもう申し込んだ。
ツアーは早耳猫のバックアップがあるから、そう危険はないと思う。
ただ、少人数限定だから、申し込みは急いだ方がいいかもしれないぞ？

105：苫戸真斗
限定……。
ちょ、私行ってきます！

106：ツンドラ
え？　じゃ、じゃあ俺も！

107：てつ

日本人だねぇ。

：：：：：：：：：：：：：：：：

「みんな、おはよう」

「キキュ！」

「ヤー！」

俺が目覚めると、枕元にいたリックとファウが俺の顔を覗き込みながら挨拶してくれる。ガリバーになった気分だ。

昨日は、アリッサさんに情報を売りに行った後は、採掘と採取に精を出した。ああ、ちゃんと新称号も取得しに行ったよ？

海賊旗を持って、廃村の墓場に行ったのだ。骸骨が大量に現れて胴上げをしてくれたが、メチャクチャ怖かった。

ずっとカタカタ鳴ってた音が、しばらく耳から離れなかったのだ。

あの海賊旗、海流のところに居る大クラゲを突破する際にも使えるらしい。ただ、そこでは囮にすることになってしまうので、使うと失われてしまうそうだ。

俺は先にクラゲを突破しておいてラッキーだったな。

手に入れた『海賊の恩人』という称号は、やはりイベント称号で、終了時に所持しているとイベトがもらえるという効果だった。

恐竜関係の称号もあるし、これで最終順位に少しはブーストがかかるかもな。

「さて、イベント最終日だ。悪魔が出るはずなんだけど、どんなことになるかね？」

部屋で朝食を取りつつ、今日の予定をモンスたちに説明していく。

「今日の最優先事項は、ショクダイオオコンニャクの確認だ。図鑑登録に行くぞ」

「――♪」

サクラが嬉し気に頷いた。やはり、樹木の精霊としてショクダイオオコンニャクが気になっているのだろう。

「最初にバザールで買い物だ。買い忘れたアイテムがないか、見て回らないとな。それが終わったら、ショクダイオオコンニャクを見に行って、次に採掘と恐竜狩りだ」

実は、イベントプレシオをまだ倒せていないことを思い出したのだ。倒す方法は既に三人娘から教えてもらっているので、俺でもどうにかなるだろう。

水の中にいることが厄介だが、その戦闘力は大したことがないらしいし。ボスではなく、ステゴのような強ＭＯＢ扱いなのだ。

他には、トリケラ、プテラも倒せていないので、狙うつもりである。

「じゃあ、露店巡りにしゅっぱーつ！」

「フマー！」

「ペペン！」

イベント開始直後にもバザールの市を見て回ったけど、最終日になれば変化があるはずだ。そもそも、イベントの進み具合で、露店の商品が増えるシステムであるそうだからな。

「え？　特大ケースが普通に売ってるじゃん！」

「メガネウラだけじゃなくて、アンモナイトとかも売ってる！」

「あ！　琥珀！　いやでも、高いけど……。でもこの蝶が入った琥珀、凄くいいなー」

「ビッグサイズのヘラクレスオオカブト！　ほしぃぃぃ！」

発見の連続だ。というか、もっと早くくればよかった。わざわざ各地の村に転移しなくても、バザールで全部揃ってしまうのだ。

「ヤーモグモグモグモグ」

「ポリポリポリポリ」

「お前らは小っちゃいくせに良く食うね」

「ヤ！」

「キュ！」

俺の両肩に乗ったちびっ子コンビが、それぞれの好物を貪っている。いや、こいつらだけじゃなくて、他の子たちも買い食いしてるけどね。

リックとファウは小さいのに、食べる量が多いのだ。絶対に自分の体積以上の量を食っている。俺の肩、食べこぼしだらけになってないだろうな？

「ムムッ！」

「どうしたオルト。何か見つけたのか？」

「ムー！」

オルトとサクラには、珍しい植物や、うちの畑にない種なんかを見付けたら報告するようにお願いしてある。そのオルトが、駆け寄ってきて俺のローブを引っ張っていた。何か珍しい物を発見したのかもしれない。

「ムー！」

シュタタタと走り出したオルトを追って、慌てて俺たちも駆け出す。

「速い！　速いってオルト！」

「ムムー！」

一目散って感じだな！　いったいどんなレアアイテムを見付けたっていうんだ！　期待に胸膨らんじゃうね！

「ムッムー！」

「……オルトよ」

「ム？」

「ジュース屋じゃねーか！」

「ムー！」

ただ単に好物の屋台を発見しただけでした！

仕方なくジュースを買って飲みながら歩いていると、前方に見知った顔を発見していた。露店の前で真剣な顔をしている二人組に、声をかける。

「U子とD介、久しぶりだな」

「白銀さん！」

「お久しぶりです！」

以前のイベントで知り合った第二陣のプレイヤー、U子とD介だ。

彼らもしっかりと今回のイベントに参加していたらしい。

「モンスちゃんたちも久しぶりー」

「クマッ！」

「キキュッ！」

うちのモンスたちも彼らのことを覚えているらしく、手を上げて挨拶している。

「大活躍ですね！　あの動画、凄かったです！」

「何度も見返しちゃいましたよ！」

ブラキオ戦を見たらしい。そんな尊敬するような視線を向けられると、恥ずかしいな！　でも、悪い気はしない。もっと褒めてくれてもいいんですよ？

「他の第二陣のフレンドたちも、興奮してましたよ」

「みんな凄いって言ってました！」

「さすが白銀さんですね！」

「トッププレイヤーって、カッコいいです！」

あ、嘘。嘘です。褒められ過ぎて、むしろいたたまれない気持ちになってきた！

完全に奇跡が重なっただけだから！　実力じゃないの！　そんな褒められたら、恥ずかしい！

俺は即座に話題の転換を図ることにした。

「あ、あー……二人はなにをやってるんだ？」

「これです！」

「ミニゲームです。一番いい景品で、アンモライトがもらえるんですよ！」

「へぇ！　そういうのもあるのか！」

第二陣への救済策なんだろうな。古代の島のボスを突破して、アンモライトの採掘をするのは結構大変だし。

内容はダーツである。ああ、といっても得点を加算するスポーツタイプではなく、車とかたわしがもらえる回転ルーレットタイプのダーツだった。

中央が大当たりのアンモライトで、その周辺は色々な景品の的がある。

琥珀やケースのようなイベントアイテムだけではなく、ポーションなどの実用品もあった。的はかなり遠い上に、小さいな。

「キキュ！」

「リック、興味あるのか？　だったら一回やってみるか」

「キュ！」

「クマー！」

「ヒムム！」

「みんなも？　じゃあ、一回ずつやってみるか」

うちの子たちも興味がある様なので、全員でミニゲームに挑戦することにした。ああ、ファウは応援だけどね。さすがに投げられないのだ。

「よーし、まずは俺が行くぞ！」

「ヤヤー！」

ファウの応援を受けながら、ダーツを投擲する。

ただ、これが結構難しかった。

雑魚な俺でも、第二陣のプレイヤーよりは器用さが高いはずなんだが、それでも的の中央には当たらない。五投して、すべて外れであった。

ステータスだけでは決まらないってことなのだろう。

オルトやリック、クママも残念賞のポーションだった。リックなんか、投擲スキル持ってるはずなのにな。

「ム……」

「キキュ……」

「クマー……」

がっくしと肩を落とす三人の横で、意外な上手さを見せたのが、ヒムカである。

「ヒム！　ヒムー！」

「おお！　凄いな！」

なんと、琥珀と海の魚詰め合わせをゲットしやがった！

「す、すごいです！」

「ヒムカちゃん！　かっこいい！」

「ヒムー」

D介とU子に褒められて、ヒムカも満更ではない様子だ。分かりやすいドヤ顔で、胸を張っている。

リックたちは悔しそうだが、それがまたヒムカを調子に乗せるんだろう。

ただ、ヒムカの天下も長くは続かなかった。

「――！」

「サクラちゃん、超スゲー！」

「やったね！」

「――♪」

サクラがアンモライトをゲットしたのだ。

U子たちだけではなく、周囲で見学していたプレイヤーたちからの拍手が降り注ぐ。

はにかんで喜ぶサクラに対し、ヒムカはちょっと恥ずかしそうだ。少し褒められたくらいで調子に乗った、数十秒前の自分が恥ずかしいのだろう。

分かる！　分かるぞ！　その気持ち！　さっきの俺と同じだもん！

「ヒム……」

「ヒムカ、なんか食べるか？」

「ヒム」

ヒムカの肩を叩いて、慰める。ヒムカは苦笑いしながら、コクリと頷いた。

そんな風にヒムカと傷の舐めあいをしていると、サクラがアンモライトを抱えてこちらへやってきた。

「――♪」

「サクラ、よくやったな。偉いぞ」

「――！」

勿論、サクラのことも褒めてあげるぞ。ヒムカも一緒に祝福している。ここで拗ねないところが、うちの子のいいところだよね！

「ヒムム！」

「――♪」

その後、二人と別れた俺は、パーティを入れ替えつつバザールを歩き回った。というか、買い食いツアーをし続けた。

そのせいで、予定時間を大幅に超えてしまったのだ。楽し過ぎて、全然時間を確認してなかった。

「次はテーブルマウンテンに移動してプテラ狩りをするんだが……」

問題は、パーティメンバーだろう。

プテラが最も多く生息しているのは、テーブルマウンテンの崖だ。そこで戦うためには、オルトの足場は必須だろう。

あと、空中戦力も連れて行きたい。ファウ、アイネに、ペルカもかね？　ペンギンハイウェイで一応飛べるし。

それと、回復役のルフレと、戦力確認を兼ねて大樹リスに進化したばかりのリックも連れて行くか。

空中の敵に強いメンバーを揃えて古代の島の奥地に転移した俺たちだったが、プテラ狩りの前にやらなくてはならないことがある。

「っていうか、人メッチャ多！」

「ムー」

古代の池の周辺には、多くのプレイヤーが集まっていた。皆、目的は俺たちと同じだろう。

「あ、白銀さん！」

「アメリア、また偏ったパーティを……」

「えへへへ。ちゃんと戦えるから大丈夫だよ！」

古代の池の手前で声をかけてきたのは、フレンドの一人、テイマーのアメリアだった。生粋の可愛いもの好きで、特にウサギとノームが好きだったはずだ。

ウサノームテイマーとか呼ばれているらしい。

まあ、この有様を見ればそう言われるのも分かる。アメリアのパーティは、両肩に乗せたウサギ二体以外、全部ノームだったのだ。

因《ちな》みにアメリアもコマンダーテイマーに転職しており、ノームは四体いた。ノームファーマー、ノッカー、ノームファイター、ノームリーダーが揃っている。バランスの悪さに戦慄《せんりつ》するぜ。趣味に走り過ぎだろ。

「白銀さんも、オオコンニャク？」

「ああ、そうなんだが、咲いてるか？」

「それがまだなんだよね。でも、カウントダウンが表示されてて、あと五時間くらいだから、その時に咲くんじゃないかなぁ？」

「あー、そういう感じか」

閉じたままのショクダイオオコンニャクの前にウィンドウが浮かび上がり、デジタル表示のカウントダウンが始まっている。ということは、ショクダイオオコンニャクの開花で何らかのイベントが始まるということだ。

間違いなく、悪魔の襲撃だろう。

「だとすると、その前にやることは済ませなくちゃいけないってことか」

「そうだねぇ。私はこの後、プテラ狩り。素材が軽いから、装備更新用に数を手に入れたいんだ」

「そっちもか？」

「白銀さんも？」

「ああ。俺の場合は、まだ倒してないから一応仕留めておきたいなって」

「じゃあさ、一緒にいかない？　私、昨日もプテラ狩ったから、アドバイスできるよ」

「ほう？　それなら情報料払うぞ？」

同じテイマーからのアドバイスなんて、貴重過ぎる。

「いらないよ」

「いいのか？」

「うん！　オルトちゃんと一緒に冒険できるんなら、むしろ私がお金払ってもいいくらいだよ！

ねー、オルトちゃん？」

「ム？」

「あーん、やっぱ可愛い！」

まあ、アメリアがそれでいいなら、俺は構わんけどね。とりあえず、情報料代わりに刺身でも出しておくか？

そうしてアメリアと共に崖へと向かったのだが、合同プテラ狩りは非常にうまくいっていた。

「アメリア！　任せた！」

「オッケー！　ウィンドカッター！」

「クケェエ！」

今も、俺たちが叩き落としたイベントプテラに、アメリアが止《とど》めを刺している。これで一〇匹目だ。

そもそも、プテラそのものは非常に弱い。ステータスだけ見れば、この古代の島で最弱の存在だろう。

翼竜なので空を飛んでいるが、俺の魔術でも一発当てれば落下してくるし、地上に引きずり落とせばノーダメージで狩ることが可能だ。

それでもプテラ狩りが難しいと言われる所以《ゆえん》は、足場の狭い崖で戦わねばならないからだろう。攻撃しづらいし、向こうの攻撃は避けづらい。そして、攻撃を食らってしまうと崖から落下し、大ダメージを食らってしまう。

ただ、俺とアメリアにとっては、全く問題がなかった。まあ、俺というか、アメリアのおかげだけど。自信満々に俺を誘ってきたのは伊達《だて》ではなかったのだ。

「いやー、ノームが四体もいるからどうなることかと思ったが、協力するとこんなことまでできるんだな」

「凄いっしょ！　さすがノーム！」

アメリアの従魔のノームたちが協力し合うことで、非常に大きな足場を作り出すことができたのだ。一〇畳くらいはあるだろう。

そのお陰でプテラ相手に余裕を持って戦うことができていた。

攻撃面では、ウサギたちが大活躍だ。凄まじい速度で宙を跳び回り、プテラを蹴りであっさりと叩き落とす。

俺たちが仕留めやすいように、足場の上に落とすだけの余裕があるようだった。

ウサギって、実は凄い武闘派だったんだな。あの蹴りだけは絶対に食らいたくないぜ。

「というか、アメリアのウサギたち、明らかに宙を走ってるよな？」

「うん。足場っていうスキルを使うと、空中に見えない足場を一瞬だけ作れるんだって」

「なるほど、見えない足場か」

どう見ても、空中を縦横無尽に駆け巡っている。あれがウサギのデフォルトだとすると、敵としてウサギが登場した時に勝てるとは思えんのだけど……。

アメリアのウサギたちが特別だといいな。

「っていうか、白銀さんとこのリックちゃんも凄いじゃん。あの木の実のブワーッていう奴！」

「あれには俺も驚いたよ。新技なんだ」

「へー、そうなんだ」

アメリアが両手を広げて「ブワーッ」と言っているのは、リックの木実弾のことだ。しかし、今までの木実弾とは効果が違っていた。

今まではダメージを与えるだけだった青どんぐり弾が、敵に当たった直後に破裂し、追加で多段ダメージが発生するようになったのだ。

ダメージは低いが範囲攻撃でもあり、かなり強化されていた。

どうやら樹呪術の効果であるらしい。長ったらしい儀式が必要だと聞いていたが、所持しているだけでも効果が出る場合があるようだ。

「キキュー！」

「おお！　やった！」

今もリックが投げた青どんぐり弾が空を飛び回るプテラに直撃し、叩き落としたところであった。

ただ、ウサギさんたちみたく落とす方向を調整したりは難しいので、普通に崖の下に落ちていってしまったが。

「リック、ファウ、アイネ、止めを頼んだ」

「キュ！」

「ヤー！」

「フマ！」

ファウの火魔召喚と、リックの超前歯撃があれば、止めを刺すのは難しくない。リックを背に乗せたアイネと、ファウが崖の下に飛んで行った。

にしても、リックが一気に強化されたな。毎回思うけど、進化はやっぱりすごいわ。眼下を見ると、小さいリックが二メートルオーバーのプテラの首に噛みついて、倒しているのが見える。リアルだったら衝撃映像だろう。ゲームで良かった。

さらにプテラを狩ること五匹。

「やった！　レアドロップ！」

「じゃあ、素材も十分集まったか？」

「うん。白銀さんは一匹倒すだけで良かったのに、わざわざ付き合ってくれてありがとう」

「こっちこそ、プテラの素材が集まって助かった。軽いし、これなら俺でも使えそうだ」

とは言え、アメリアとの共闘はこれで終わりではない。プテラのレアドロップが必要数集まるまで付き合う代わりに、プレシオ、トリケラ狩りを手伝ってもらうことになっているのだ。

俺としては得しかない提案だったから、ぜひにと頷いておいた。まあ、アメリアとしては、できるだけ長くオルトと一緒にいたかっただけだろうがな。

「じゃ、このままトリケラ探しに行こうか？」

「そうだな。トリケラ、プレシオの順番に行けば、道順的に無駄もないし」

「だね！」

アメリアのノームたちは、道中でも大活躍だった。

どんな敵が来ても完璧な壁役を務めるだけではなく、土魔術での足止めや、簡単な陣地構築。さらにそれぞれの進化先によって、色々な能力を発揮したのだ。

「イベントトリケラが雑魚扱いだったな。あんな戦い方があるとは」

「トリケラは突進力は凄いけど、後ろに進むのは下手だから！　それに、うちのノームたちは優秀だからね！」

アメリアがドヤ顔するのも無理はない。トリケラの前と左右を壁で覆って動きを封じ、後方から攻撃をし続けるという方法を使い、無傷で完勝してしまったのである。

オルトも土魔術で壁を作ったりできるが、ノームが揃って協力すると速さも規模も段違いだった。分担することで、大きな構築物もすぐに作り上げることができるのだ。

相手が群れであっても、即席陣地を利用することであっさりと狩れてしまった。ステゴやパキケファロも相手にならない。ティラノからだけは逃げたけどね。

さすがに足手まといを連れて戦うのは無理だということだった。すっげーオブラートに包んで、戦力に不安があるって言い方をしてくれたけどさ。足引っ張ってすまん。

「砂浜に戻ってきたな」

「頼りにしてるよ！　うちの面子は、水には相性悪いから」

土の精霊四体に、ウサギ二匹だもんな。まあ、アメリアんところのウサギたちなら、海でも戦えそうだが。

「ここまではアメリアに助けられてばかりだったが、プレシオ狩りは俺に任せてくれ。プレシオの倒し方も知ってる！」

「おー！　さすが白銀さん！」

まあ、全部、三人娘に教えてもらった情報だけどね！　それ用のアイテムまでもらっちゃったし。

イベントプレシオを狩るために俺たちがやってきたのは、古代の島の海岸である。

ようやく役に立つ時が来たのだ。

「それじゃあ、岸におびき寄せるぞ！」

「了解！　いつでも準備万端だよ！」

「ペルカ、ルフレ、頼んだ！」

「フムー！」

「ペペーン！」

その手に骨付き肉を持った水中コンビが、勢いよく海に飛び込んでいった。

これが、フィルマに教えてもらったプレシオ狩りの方法である。

奴は魚には一切反応せず、肉にだけ反応するらしい。しかも、一度こちらをターゲットにすると、しつこく追ってくるそうだ。

その習性を利用することで、プレシオを岸近くまで誘導することが可能だった。作戦が上手くいけば、俺たちは陸にいる状態で戦闘が可能なのだ。

しばらく浜辺で待っていると、海面に大きな影が浮かび上がるのが見えた。その影の一部が海面から突き出し、瘤っぽく見えている。

その影は海面に波紋を残しながら、浜辺へと猛スピードで近寄ってきていた。あと少しで影が海岸へと到達するというところで、二つの影が先に砂浜へと上がってくる。

「フムー！」

「ペッペペーン！」

見事に囮役を成し遂げたルフレとペルカだ。何故か笑顔でこちらに駆け寄ってくる。影との追いかけっこが楽しかったのか？

二人に遅れること一〇秒。黒い体色の巨大な生物が、浅瀬に姿を現した。水深一メートルほどの場所に乗り上げ、長い首をもたげてこちらを睨んでいる。

古代の島発見時に見かけた、首長竜で間違いなかった。

クジラやトドのようなフォルムの巨大な体に、蛇のような首と尻尾。皮膚はツルツルに思えるが、よく見ると細かい鱗が並んでいるのが分かった。

「グギャア！」

この水深が、身動きが取れるギリギリなのだろう。それ以上は近づいてくることはなく、首を必死に伸ばしてこちらを攻撃しようとしていた。

とは言え、浜辺にいる俺たちには届かない。

安全圏から遠距離攻撃を放てば楽に倒せそうなものだが、それをするとすぐに逃げてしまうらしかった。

つまり、攻撃するには接近せねばならない。だが、浅瀬とは言え俺たちからすれば十分に深かった。そこでプレシオと戦うのは不利だ。

まあ、そこもしっかり対策を仕入れているけどね！

「上手く誘導できた！　次はこいつだ！」

俺が取り出したのは、リキュー謹製の爆弾である。水属性で、水中で爆発すると大きな波を発生させる効果があった。

「アイネ、頼むぞ！」

「フマ！」

小っちゃい手で可愛い敬礼をしたアイネが、爆弾を抱えて飛び出していく。アイネが高度を上げる間、俺たちはプレシオを引き付けて逃げられないようにする役目だ。

「おらおら！　こっちだ首長野郎！」

「ムッムー！」

「フムー！」

「ペーン！」

オルトたちと一緒に、プレシオの首が届くギリギリに陣取り、挑発を繰り返す。

オルトのベロベロバーや、ルフレのアッカンベー、ペルカのお尻ペンペンが通じているかどうかは分からんが、馬鹿にされていることは分かるのだろう。

プレシオは歯を剥《む》き出しにして唸《うな》り声を上げている。

「ヤー！」

「グギャー！」

特にプレシオを苛《いら》つかせているのはファウだ。目の前を飛び回る小さな妖精に、かなり意識を奪われているようだった。さすが避けタンク。

そうこうしている内に、アイネがプレシオの背後に回り込んでいた。

「フマ！」

アイネが爆弾を起動し、即座に海中へと投げ入れる。直後、プレシオの真後ろで五メートルほどの水柱が上がり、爆音とともに大きな波が発生した。

「グギャッ！」

爆発の余波でダメージを負ったプレシオが、悲鳴とともに波に押し流される。これこそが俺たちの狙いだ。

プレシオの巨体が波に乗り、浜辺へと打ち上げられていた。

「グギャァ！」

慌てて海へと戻ろうとするプレシオだったが、ここからはずっと俺たちのターンなのだ！

「アメリア！　やるぞ！」

「うん！　みんな、いくよー！」

「「「ムー！」」」

背後から攻撃を叩き込まれて、プレシオのヘイトがこちらへと向く。海へ戻るよりも、俺たちを排除する方が先だと判断したんだろう。だが、地上に上がってしまったプレシオは移動もままならず、水中とは比べ物にならないほどに動きが緩慢であった。

まあ、それでも長い首を振り回す攻撃は、それなりに脅威だったが。受け止めたオルトが踏ん張り切れずに倒れ込んでしまうほどの威力だ。しかし、すぐに回復をして穴を塞ぐことで、プレシオをほぼ抑え込むことができている。

最終的には俺たちにタコ殴りにされて、憐《あわ》れな悲鳴を上げながら果てたのであった。

「勝利！　ブイ！」

「結局最後はアメリアに持ってかれたな」

「ごめん。うちのウサぴょんが張りきっちゃって」

「いや、助かったよ」

プレシオの顔面に蹴りを入れてやっつけるウサギさんとか、面白いものが見られたからな。

実際、アメリアのノームたちの防壁がなければ、もっとダメージを食らっていただろう。

「プレシオの皮とかは、いい防具になりそうだねぇ」

「あー、それは俺も思った」

重量が軽いし、水をはじく性質があるっぽい。これはいい素材だろう。ローブに使えそうだ。

「どうする？　要領も分かったし、もう少し狩ってく？」

「いや、爆弾がもうないんだよ」

肝心要の水属性爆弾は、一つしか持っていなかった。これではプレシオを浜辺に打ち上げることはできない。

「あー、それならうちのノームたちでどうにかできると思うよ。要は、海に逃がさなければいいんでしょ？」

「そうなんだけど、どうやって？」

「浅瀬まで来たら、水魔術で岸まで寄せて、ノームの土魔術で囲んで逃げられなくすればいけそうじゃない？」

「ああ、なるほど」

多少手間はかかるが、その方法なら爆弾なしでもいけそうだ。

「それじゃあ、もう少しプレシオ素材を集めてみるか」

「うん！　プレシオを絶滅させる勢いで狩っちゃうよ！　ジェノサイドだっ！」

「ペペーン！」

「ヤヤー！」

ああ、ペルカとファウがアメリアと同じように拳を突き上げ、何故かやる気だ！　うちの子たちに悪い言葉を教えるんじゃない！

そんなこんなで、アメリアとのプレシオ狩りは続いた。ユニーク個体から恐竜飼育チケット三枚目もゲットできたし、実に有意義な時間だったな。

その後、アメリアと別れて採掘や採取を終えた俺たちは、古代の池に戻ってきていた。

デジタル表示はまだカウント中である。開花まではもう少し時間がありそうだ。

「このまま突っ立っててもなんだし、待ってる間に料理でもするか」

もう持ち込んだ白米は残ってないが、調味料はある。古代魚の白身で色々試してみよう。

俺は邪魔にならないように広場の端まで移動すると、そこで調理セットを広げた。

「塩、砂糖はバザールで手に入れてあるし、醤油、味噌は持ち込み分がまだ残ってる」

照り焼きに、味噌煮もいいかな。

「フムー？」

「見てて楽しいか？」

「フム！」

「ペン！」

魚が好物の水中コンビが、左右から調理台を覗き込んでいる。ルフレは問題なさそうだが、ペルカの身長だとギリギリだな。つま先立ちをして、ようやく顎《あご》が調理台に乗る感じだ。

「無理するなよ」

「ペーン……」

メッチャ無理してるな。そこまでして見たいもんかね？

「フムー」

「ペン」

「あ、涎垂《よだれ》らすなって！」

単に食い意地が張ってるだけか。

他の子たちは地面に座り込んで何かしている。また棒倒しなのかと思ったら、違っていた。どうやら○×ゲームをしているらしい。まあ、大人しくしているならいいや。

驚きなのが、周囲のプレイヤーたちが真剣な顔をして、○×ゲームをするオルトたちを覗き込んでいることだ。メチャクチャ数が多い。まあ、彼らも暇してるんだろう。真面目に感想戦とかしている人までいた。

というか、邪魔にならないように広場の端まで来たんだが、妙に人が多い？　でも、俺の周囲はそうでもないんだよな。ここだけ人がおらず、ポッカリと空白地帯ができている。

もしかして、生産中の俺に気を遣ってくれている？　だとしたら悪い事をした……。大人しく待っておけばよかったな。まあ、やっちまったもんは仕方ない。

パパッと終わらせて、撤収しよう。

そして料理が終わる頃、ちょうどいい時間となっていた。

カウントダウンは残り一〇分弱。ショクダイオオコンニャクの開花直前である。

「ユートさん。どうも」

「ソーヤ君たちもきてたか」

声をかけてきたのは、ソーヤ君だった。後ろにはスケガワ、タゴサック、ふーか、つがるんもいる。結局この面子でイベントを回っていたようだ。

「まあ、イベントが進行することは確実ですからね。古代の島にこられるプレイヤーは、全員集まってるんじゃないですか？」

「そりゃあそうか」

雑談をしながら、カウントダウンを待つ。

彼らは俺と別れた後にボスを全て倒し、無事に称号を手に入れたらしい。ただ、恐竜を討滅する者は手に入れたが、観察する者は入手できなかったようだ。

俺は無自覚に条件を満たしてしまったが、意外と難しかったのだろう。

「タゴサックとつがるんは、何か面白い作物でも手に入れたか？」

「いや、ないな。ラフレシアあたりを畑で育てられないかと思ったんだが、株分けがそもそもできなかった」

「俺もだ。ヤシとか持って帰れないかと思ったんだが、無理だった」

どうやら、このイベントフィールドの収穫物は、株分けができない仕様であるらしい。トップファーマーである二人が、ありとあらゆる植物に試してみてダメだったというのだから、間違いないだろう。

「へっへっへ、プレシオの素材を使えば、体にぴったりフィットするラバースーツ風インナーが作れそうだぜ」

「……ああ、そう」

興味がないわけじゃないけど、同類に思われたくはない。女性陣がスケガワに向ける視線の厳しさよ。

「スピノの素材もいいぞ～」

「ほどほどにな？」

いや、マジでな。

「白銀さん、図鑑は埋まりそうですか？」

「勿論だ。あとはショクダイオオコンニャクだけだぞ。ふーかはどうだ？」

「私は全然埋まってないですね」

「そうなのか？」

「だって、虫とかキモイじゃないですか？」

「あー、そういうプレイヤーもいるか」

他には、イベトを稼ぐために合理的に動いている前線組なんかも、図鑑ガン無視で戦闘に明け暮れているらしい。

「それでも、結構な数のプレイヤーが図鑑を埋めるために頑張ってるみたいですよ。これだけハッキリと実装されてるってことは、コンプしたら報酬がもらえることは確実ですから」

「それなのに、前線組は図鑑無視してるのか？」

「埋めようと思ったら、島全体を回らないといけないでしょう？　それで時間を取られるよりも、古代の島でボスを周回する方がイベトを稼げるって判断なんだと思います」

「なるほどね」

図鑑などは、俺たちみたいなエンジョイ勢や、第二陣への救済措置なのかもしれないな。それこそ、ボスを倒せないプレイヤーでもイベトを稼げるように考えたのだろう。

だとすると、ボスを周回できるほどに強いのなら、ボス狩りをしまくった方が稼ぎがいいのは当然だった。

そんなことを語ったら、なぜかふーかが微妙な顔をしている。

「……」

「どうした？」

「いえ。エンジョイ勢の定義ってなんだろうって、ちょっと考えちゃっただけです」

なんてやってるうちに、前の方にいたプレイヤーたちが騒《ざわ》めき始めた。

「あ、カウントダウンが終わるっぽいぞ」

確かに、残り一二秒となっている。ノリの良いプレイヤーたちがカウントダウンをし始めたな。

「一〇！」

「キュー！」

「ヤー！」

うちの子たちも飛び跳ねながら一緒に数え始めた。カウントダウンが楽しそうに思えたのだろう。

「七！」

「ムー！」

「フムー！」

段々カウントダウンが広まり始めたぞ。周囲のプレイヤーは全員参加しているな。

「四！」

「フマー！」

「ペーン！」

「ー！」

カウントダウンがゼロになった直後、ショクダイオオコンニャクに変化が起こり始める。

長い芯のような部分に巻き付く葉のように見えていた部分が、ゆっくりと開き始めたのだ。そして完全に開き切ると、一瞬光り輝いた。

開花したという意味なのだろう。

全体の形はラッパ状である。俺には、巨大な和傘を逆さまにしたような姿に見えた。

綺麗というよりは、異様さと存在感に圧倒されてしまう。なるほど、世界最大の花というのは伊達じゃないらしい。

「おっと、鑑定しちゃわないとな」

開花したショクダイオオコンニャクを鑑定してみる。

だが、何故か鑑定が発動しなかった。バグとかじゃない。他の物は普通に鑑定できる。ショクダイオオコンニャクだけが、対象外になっていた。

他のプレイヤーたちも同様なのだろう。困惑した空気が広がっている。

そんな広場で、再び誰かの声が上がった。

「く、臭《くさ》！　なんか臭い！」

「うえっ……。なんじゃこの臭《にお》い！」

「やばいよやばいよ！」

「ごほっ！　げへほっ！」

確かに、変な臭いがしていた。これが有名な、ショクダイオオコンニャクの悪臭か。生ゴミに似た不思議な臭いが香ってくる。

俺は知っていたから覚悟していたが、知らなかったプレイヤーたちが騒ぎ始めたのだろう。咳き込んだりしながら、苦しそうにしているプレイヤーもいる。

ただ、実物はもっとヤバいって話だから、これでも運営は手加減しているらしい。何せ、覚悟していれば耐えられないほどではないのだ。

「ムー……」

「オルトもか？」

「ム……」

オルトが鼻を摘《つま》んで、何とも言えない顔をしている。実家の飼い犬のフランが、嫌いなミカンの匂いを不意打ちで嗅いでしまった時の顔にそっくりだ。

「フムー……」

「フマー……」

ルフレとアイネもこの臭いを嫌いであるらしく、テンションダダ下がりだ。

「……」

珍しくファウが、歌無しのインストでリュートをかき鳴らしていた。どこか物悲し気なポロローンという音が、今のファウの心境を表しているのだろう。

まあ、顔を見れば一発で分かるけどさ。無駄に哀愁を帯びた表情をしてるね。

しかし、全員がそうではない。

「キュ？」

「ペーン！」

リックは鼻をコシコシと軽く擦《さす》りながら、何度もスンスンと匂いを嗅いでいる。少し気になる程度、であるらしい。

ペルカに至っては、周囲の反応の意味が分かっていないようだ。？マークでも浮かびそうなほどに、首を傾げていた。

人型、獣型の差なのかもしれない。

しかし、起きた異変はそれだけに止《とど》まらなかった。

「なんか、変なの出たな」

「ム」

ショクダイオオコンニャクのはるか上空、三〇メートルくらいのところに、激しく振動する黒い塊があった。

黒い霧？　羽虫の塊？　とにかく、黒く小さなものが集まって、ワサワサと蠢《うごめ》いている。時おり周囲を走るノイズのようなものはなんだ？

俺を含めたプレイヤーたちが見守る中、黒い色が濃くなっていく。同時に、ノイズのようなものがショクダイオオコンニャクの周囲にも走り始めた。

そして、激しく蠢く黒の中から、より黒いナニかが出てくる。

もしかして悪魔か？

見守っていたプレイヤーたちにも緊張が走る。だが、まだ赤マーカーは出ていないし、即戦闘ってことはないだろう。

イベントの演出だと思うが……。

黒いナニかを突き破るようにして上空に現れたのは、異様な姿の骸骨であった。まず、前述の通り、黒い。そして、顔だけで浮かんでいる。だが、一番異様なのは、顔が二つあることだった。二体いるわけではない。双頭でもない。両面ともに、顔になっているのだ。本来後頭部があるはずの部分にも骸骨が付いている。悪魔というか、アンデッドっぽいだろう。

『臭い！　臭いぞぉぉぉ！』

うわ、喋ったよ。どっかで聞いた声だな？　ああそうだ、結構有名な声優さんだ。特徴的なおじさんキャラといえばこの人って言われている、レジェンド声優さんである。

今までとは全く違う意味でのどよめきが起きたね。運営の力の入れように驚いたんだろう。

『臭すぎて叶わん！　ぬおぉぉぉ！』

黒骸骨が呻く。というか、骸骨のクセに匂いを嗅げるんだな。

プレイヤーが聞き逃さないようになのか、アナウンスと同じように耳元で声が聞こえる。ただ、音量がメッチャデカイね。

黒骸骨の大きな叫び声に驚いて、声を上げるプレイヤーたちもいた。

しかし、黒骸骨はこちらに一切反応しない。

やはりこれは、イベントムービー的な扱いなんだろう。

『臭ぁすぎるぅぅ！　こんな臭い物は、滅ぼしてくれるわぁぁ！　いでよ、彷徨《さまよ》いし憐れな亡霊よぉぉ！』

黒骸骨の言葉に呼応するように、ショクダイオオコンニャクの前に黒い霧が発生し、その中から骸骨が出現した。頭には髑髏マークをあしらった古典的な海賊帽子をかぶり、錆《さ》びついた曲刀を装備している。

沈んだ海賊船の船長だ。間違いない。

もしかして、死霊魔術的な能力を持った悪魔なのだろうか？

進行するイベントを見守っていると、黒骸骨が海賊船長に命令を下した。

『亡霊よぉ！　その臭い花を刈り取れぇ！』

海賊船長が動く。ただ、その動きは俺たちにとって予想外であった。海賊船長は手に持っている曲刀を大きく振りかぶると、そのまま黒骸骨に向かって投げ付けたのだ。

そして、カタカタと歯を鳴らしながら、ショクダイオオコンニャクを庇うように立ちはだかる。どう見ても、海賊船長が黒骸骨に逆らったように見えるが……。

『我に逆らうというのかぁぁ！　亡霊ごときがぁ！　もうよいわぁ！　この島ごと、貴様も破壊してくれるわぁぁぁ！』

黒骸骨が叫んだ直後、周囲を黒い光が包み込んだ。

直後、俺たちは先程とは違う場所に立っていた。ボスフィールドに転移したのだろう。

広い草原の中心に高さ五メートルほどの岩があり、その上に黒骸骨が浮かんでいる。

俺たちはその岩山を囲むように配置されているようだ。岩山まで、相当な距離がある。多分、一〇〇メートル以上はあるだろう。

プレイヤーがいる草原の周りは、シダ植物が生い茂る森だ。さらに遠くには、テーブルマウンテンが見える。一応、古代の島のどこかという設定であるらしい。

『儂に逆らった貴様はぁぁ、このまま砕いてくれるわぁ！』

「カタカタ！」

よく見たら、岩山の前に海賊船長スケルトンがいた。船長が剣を頭上に掲げた直後、悪魔の真上に赤いマーカーが表示される。

「ボス戦が始まった！　みんな！　やるぞ！」

「ムム！」

「キキュー！」

第四章 悪魔ビフロンス

ボス戦が開始され、周囲のプレイヤーたちが動き出す。

「あの海賊の骸骨が死んだら失敗の可能性もあるから、気を付けろよ！」

「誰か指揮とるの？　トップクランさん、出番ですよー！」

「とりあえず突撃じゃ！」

大騒ぎの中、俺は黒骸骨の悪魔を鑑定してみた。

「ビフロンス……？　確か、ソロモンの悪魔だったか？」

「さすがだね！　確かにビフロンスは、ソロモン七二柱の悪魔だよ！」

「おぉ？　ジークフリードか」

「やあ、久しぶりだね」

馬に乗ったジークフリードが、いつも通りのイケメンスマイルで現れる。戦場でも爽やかだな！

『ぬおぉぉぉぉ！　皆殺しじゃぁぁ！』

「おっと、早速動くみたいだね。世間話をしている暇もないようだ」

「とりあえず俺は後ろに下がるよ。足手まといになりそうだし」

「僕は一当てして、様子を見るつもりだ」

「そうか、頑張れ」

「ありがとう」

さすが騎士、かっこいいぜ。俺には絶対無理だ。

「よし、俺たちは後方で様子見だ！」

「ムム！」

どうせ戦力にならないんなら、せめて後方に下がって皆の動きを待とう。

『ぬはあぁ！　我に逆らう愚か者どもめぇぇ！　地獄に送ってくれるわぁ！　出でよ出でよぉ、亡者どもよぉ！』

ビフロンスが叫ぶと、岩山の周辺に無数のスケルトンが出現した。ビフロンスと同じような漆黒のスケルトンたちだ。岩山を囲むように召喚された黒スケルトンの軍勢は、優に一〇〇〇体は超えているだろう。

プレイヤーの数には到底及ばないが、それでも無視できる数ではなかった。しかも、相手は死霊召喚技能を持っているのだ。減れば追加されることも十分あり得る。むしろ、無限湧きの可能性すらあった。

「俺がグダグダ考えたって、攻略の役に立つわけじゃないからな……。今は防御重視で耐えるぞ！」

「ムム！」

「フム！」

攻略方法は、トッププレイヤーさんとか大規模クランの幹部さんとかがそのうち考えてくれるだろう。エンジョイ勢ソロプレイヤーは、邪魔にならないように動くだけだ。

「とりあえず、遠距離攻撃でスケルトンたちを削っていくか」

「ヤー！」

「キキュ！」

そうして俺たちは、周囲のプレイヤーに交じって攻撃を開始した。だが、黒スケルトンが思った以上に堅い。数が少ない分、一体一体の性能がいいのだろう。

かなりの数の攻撃が降り注いでいるのに、なかなか倒れないのだ。

それに、こちらの指揮系統がハッキリしておらず、狙いが適当な攻撃が散発的に放たれているだけなのも問題だろう。

後ろから見ていると分かるが、全体的に無駄が多すぎる。とは言え、俺がしゃしゃり出て指揮をする訳にもいかない。誰も付いてこないだろうしね。ここは、耐えてチャンスを待つだけだ。

「カタカタカタ！」

「ムッムー！」

「このやろ！　このやろ！」

「キュー！」

接近してきた黒スケルトン一匹を相手にすることになったが、やはり強い。まあ、流石《さすが》に一体だけならどうにかなったけど。

しかし、すぐにビフロンスによって追加の黒スケルトンが召喚され、こちらに向かってくるのが見えた。さっきよりも数が多い。もしかして、段々増えてくとか？　だとしたら、何もせずに戦い続けるのはヤバいと思うんだが……。

しばらく黒スケルトンと戦っていると、周囲のプレイヤーたちに動きがあった。バラバラに戦っているなりに、何とかしようと考えたのだろう。自然と知人同士で固まって、役割分担をして戦い始めたのである。それは俺たちも例外ではなかった。

「オルトちゃん！　無事か！　大丈夫なの！」

「ルフレたん！　無事か！」

「ファウたんは俺が守るんだニャー！」

「俺たちも一緒に戦わせてください」

ノーム軍団に囲まれたアメリアを筆頭に、近くにいた複数のテイマーが集まってきたのだ。

青い髪のハーフエルフテイマー、オイレンシュピーゲル。赤いローブを着込んだ金髪テイマー、赤星ニャー。熊獣人の虫大好きテイマー、エリンギ。

花見などで何度か会ったことがあるテイマーたちだ。

「みんな、凄いな」

アメリアの布陣はさっきと変わらない。相変わらずのウサノームパーティだ。ただ、他の面々のパーティもかなり濃い。

まず、オイレンシュピーゲル。こいつめ、やっておるな！

「バランス悪くないか？」

「ふふん。だとしても、俺は俺の道を行く！　何人たりとも俺の歩みを止めることはできないのだぁ！」

なんか、ペンギンハイウェイの説明文みたいなこと言い出した。

「で、その道の行きつく先が、これか」

「その通り！」

オイレンのパーティは、ウンディーネ四体。そこにガーディアンドッグ一体という、超偏った構成だった。今思い出したが、ウンディーネテイマーって呼ばれてるらしい。

さすがだ。俺には真似できん。主に人の目が気になるから。しかもアメリアと一緒で、ちゃんと進化先を全コンプしていた。それでも戦闘力は微妙そうだが……。

いや、回復役としては頼りになるか。

「赤星……お前……」

「いやーっはっはっは！　ほら、俺ってばオイレンの友人ですからニャー」

「な、なんて説得力のある言葉だ！」

赤星ニャーのパーティも、中々に趣味に走っている。薄桃色の髪の毛をした樹精にシルフ、ウンディーネ、妖精。そこにハニーベアを加えたパーティだった。

やはり可愛い女の子型が多い。特に目立つのは、樹精だろう。

「サクラ以外の樹精は初めて見たな」

「樹精のアセビです。偶然、マップに出現したところに出くわしまして。本当にラッキーでした」

「――♪」

うちのサクラに似ているが、細かい部分は違う。髪の色もアセビの方が大分薄いし、背も少し低いだろう。

所作は少し子供っぽい。元気があって、うちだとルフレに似ているかもしれないな。

話を聞くと、能力も多少違っているようだった。初期能力の段階で、サクラの持っていた魅了、木工の代わりに、毒化、料理のスキルを所持していたらしい。

個体差があるってことなのだろう。

「……エリンギ、すげー」

「ありがとうございます」

相変わらず、笑顔のない生真面目そうな顔だ。しかし、そのパーティメンバーは非常に遊んでいた。

「虫ばかりとは……」

エリンギのパーティは、カブトムシ、チョウ、ハチ、アリ、妖精と、虫オンリーの構成だった。まあ、妖精は虫じゃないけど。

能力的にはバラバラなようだから、ある意味バランスが取れていると言えば、取れているんだろう。

特に俺の目を引くのは、前衛役のカブトムシだ。ヨロイカブトというモンスターなんだが、人間ほどのサイズがある緑色の巨大なカブトムシであった。

「かっこいいな……」

「でしょう？」

「ほらほら！　お互いのモンスを紹介するのは後にして！　いまボス戦の最中だよ！」

「お、おお。そうだったな」

アメリアの叱咤《しった》で、ここが戦場だと思い出した。

俺も可愛いモンスばかりで偏ってる方かと思ってたけど、皆もっと酷《ひど》かったんだな。

「それで、どうする？」

「え？　何で俺に聞くんだよアメリア」

「だって、私たちがここに集まってきたわけで。リーダーは白銀さんじゃん？」

「いやいや、何を――」

「カタカタカタ！」

ちっ！　スケルトンが！　反論ができん！　アメリアの奴、絶対に面倒なリーダー役を俺に押し付けようとしてるのに！

「白銀さん！　指示出してっ！」

「ええい！　仕方ない！　とりあえず盾役を前に出せ！　あとは遠距離攻撃で削る！」

「支援はどうするんだニャ？」

「まだ温存で！　オイレンのウンディーネも、ＭＰは節約してくれ。後半、頼りにしてるから！」

「わかったぜ！」

本営は、まだ方針を決められないのか？　早くしてくれ！

そうして数分ほど戦い続けたんだが、戦況が変化することはなかった。

未だにプレイヤーたちが個別に戦っているせいで、黒スケルトンの軍勢に効果的な対処ができていない。

それでも大きな被害は出ていないのは、黒スケルトンの攻撃力が防御力に比べて大したことがないからだろう。奴らの剣で切られても、大したダメージは入らない。第二陣に合わせているからだと思われた。

ただ、そのせいで危機感が薄くなってしまい、プレイヤーたちが一致団結しようという空気にならないのかもしれなかった。

俺は周囲のテイマーたちと一緒に、防衛戦を続ける。最初はアメリア、オイレンシュピーゲル、赤星ニャー、エリンギだけだったのだが、いつの間にか数が増えていた。ウルスラなどのソロテイマーたちが、周辺から集まってきたのだ。

前衛が厚くなったのはいいことだが、このままだとじり貧であることは変わりない。どうしようかね？

「なあ、エリンギ。このままだとまずくないか？」

別に、エリンギに尋ねたのは深い理由があってのことではない。なんかいつも冷静そうだし、眼鏡かけてるし、頭が良さそうに見えたというだけだ。

しかし、想像以上にちゃんとした答えが返ってきた。

「今、トップクランの代表たちが話し合いをしている場所に偵察に行っていた者が、戻ってきたところです」

「偵察？　いつの間に」

「勝手なことをしてすみません」

「え？　いやいや、勝手とか別に……」

そもそも、俺がリーダーなわけじゃないし。あ、もしかして最初に号令をかけた時に、エリンギたちからも俺がリーダー認定されたまま？

いや、まさかな。単純に、戦力を減らしてまで偵察を出したってことを、みんなに謝罪してるだけだろう。

「そ、それよりも、話し合いはどうなってたんだ？」

「トップクランが自分たちの利を主張し合っていて、平行線のまま無駄に時間だけが過ぎるような形になってしまっているらしいです。酷い時には怒鳴り合いまであったとか」

「まじか。このゲーム、もっと和気藹々《わきあいあい》とした雰囲気だと思ってたんだが……」

ガチ勢やトップ層、有名パーティになると、やっぱり手柄とか名声を得るためにシビアな考え方になるのかね？

「今回のイベントは、いいところを全部持っていかれたので……。意固地になっている部分もあるんじゃ――」

「カタカタカタ！」

「うぉぉ？　こいつ！　急に現れ……！」

話遮ってすまんエリンギ！　でも、なんかスケルトンが湧いて出たんだよ！

「ムムー！」

「た、助かった……。オルト、サンキュー」

「ムー！」

どうもイベントが進んだらしい。黒スケルトンがより広範囲で召喚されるようになっていた。目の前に急に現れたから、マジでビビった。

これ、結構マズいんじゃないか？

「あ。すまんエリンギ。何か言ってたよな？」

「いや、大したことじゃないですから。それよりも、この後はどうします？　自分たちでも積極的に動く方がいいと思いますが」

「うーん……。そうだなぁ。この黒いスケルトンて、無限湧きだと思う？」

上限がないのだとしたら、こうして守っていても不利になっていくだけだ。

多少無理をしても、攻めに転じなくてはならない。

「そうですね……。ここまでで減った様子はないですし、無限に湧いて出るものだと考えた方がいいかもしれません」

「そっか……。じゃあ、なんとかスケルトンを掻き分けて前に出て、悪魔に攻撃しなきゃダメってことか？　むずくね？」

「いえ、そうでもないかと。我々には切り札もありますし」

「切り札？」

「アンモライトですよ。白銀さんが広めたんじゃないですか」

そ、そんな呆《あき》れた目で見ないでくれ！　ちょっと忘れてただけなんだ！

いや、エリンギの表情は変わってないけどね。被害妄想？　でも、その無表情な顔から、呆れた雰囲気が醸し出されている気がするのだ。

「しかし、使い方がいまいち分からないんだが、ぶつけりゃいいのかね？」

「その可能性が一番高いでしょう」

アンモライトを取り出してみるが、特段変化はない。イベント限定で特殊なエフェクトがあるともないし、アイテムとして使用することができるようになってたりもしない。

「始まってもう一〇分は経過してると思うけど、まだアンモライトを試した奴はいないのか？」

「高額なアイテムですから、一か八かで使うのに躊躇《ちゅうちょ》してるんだと思いますよ。この距離ですと、なかなか届きませんから。効くかどうかも分からないうえに、当たる確率も低いとなると、チャレンジはしづらいですよ」

「なるほど……。でも誰かがやらないといけないしな。よし！　リック！　アイネ！」

「キュ！」

「フマ！」

俺が呼ぶとリックたちが即座に俺の前に整列した。レイドボス戦の緊迫した雰囲気を理解しているのか、その顔は真剣だ。

「君たち二人に任務を言い渡す！　このアンモライトを、あの悪魔にぶつけてきてもらいたい。できるか？」

「キキュ！」

「フマッ！」

良い敬礼だ。決死の覚悟を感じる。

「任務は重要だ。しかし、お前たちの安全もまた重要だ。絶対に生きて帰るんだぞ？　いいな？」

「キュー！」

「フママ！」

「うむ。いい返事だ。では出撃したまへ！　リック特務隊員！　アイネ特務隊員！」

「キキュー！」

「フマー！」

「……」

なんでだろう。エリンギに今まで以上に生温かい目で見られている気がする。

「白銀さん」

「なんだ？」

「いや、何でもないです。ゲーム楽しんでますよね」

「ははは。それだけは誰にも負けない自信がある！」

しょうがないじゃないか。あんなノリノリの敬礼されたら、こっちもノリノリになっちゃうんだから。司令官になり切ってしまった。

「では司令官殿、我々は爆撃の成功を祈りましょう」

「うむ」

このアホな司令官ごっこに付き合ってくれるとは、エリンギ、いいやつだな。

「真面目な話、これで突破口が開けるといいんだけど」

「そうですね」

俺たちが見守る中、リックとアイネが悪魔に向かって突撃していった。

リックは、素早い動きで黒スケルトンの間をすり抜けていく。自分の頭よりも大きなアンモライトを抱えているというのに、その動きは軽快そのものだ。

時にはスケルトンの攻撃をヒラリと躱《かわ》し、時にはスケルトンを足場代わりにして、悪魔のいる岩山に迫っていく。

アイネはもっと簡単だ。黒スケルトンの中にはアーチャーが交じってはいるが、アイネの回避力であれば多少の矢は問題にならない。空を飛んでグングンと悪魔に迫っていった。

「キキュー！」

「フマー！」

数十秒後。岩山の麓に辿り着いたリックが、アンモライトを投擲する。同時に、アイネが悪魔の上空からアンモライトを投下した。

二つのアンモライトは、ほぼ同時に悪魔に着弾する。

そして、悪魔の表面で、凄まじい閃光が炸裂した。

『ぐごおおぉぉぉ！』

アンモライトの発した閃光を浴びた悪魔が、大きく悲鳴を上げる。苦悶の表情で――かどうかは骸骨だからわからんが、苦しんでいることは確かだろう。

ただ、その呻き具合とは裏腹に、ＨＰはほとんど減っていなかった。アンモライトが弱点じゃなかったのか？

ただ、残念に思ったのは俺だけだったらしい。

エリンギが軽く目を見開いている。

「さすがボス特攻アイテム。効果は抜群ですね」

「いや、あれでか？」

「レイドボスのＨＰが、目に見えて減ったんですよ？　かなり凄いです」

「あー、そういう見方もあるのか」

考えてみりゃ、相手は凄まじいライフを持ったレイドボスだった。そのＨＰバーが、一ミリ程度とはいえ明らかに削れている。上級プレイヤーの必殺技並みのダメージはあったということだろう。

つまり、アンモライトをビフロンスにぶつけるだけで、超ダメージが発生しているということだ。

「それだけじゃありません。一瞬、黒いスケルトンの動きが止まりました。悪魔がアンモライトで苦しんでいる間、スケルトンが硬直するようです」

さ、さすが眼鏡軍師エリンギ。冷静に全体を見てるぜ。

「他のプレイヤーたちも使い方に気付いたようですね」

「でも、ぶつけに行くのって結構大変だよな。テイマーとかサモナーなら、俺みたいなこともできるだろうが……」

黒スケルトンの壁に阻まれてしまい、アンモライトを投げつけることが可能な距離に近づけないのだ。

俺たちにアンモライトを渡してもらって、飛行系モンスで空爆をし続けるか？

少し悩んでいると、俺たちの少し前で大きな閃光が生まれた。

「うわっ！　眩《まぶ》しっ！」

俺は咄嗟《とっさ》に目を瞑《つぶ》って難を逃れたが、方々からは悲鳴が聞こえている。

何があった？

「ご、ごめんなさいだニャー！」

赤星が何かやらかしたらしい。

眼を開いて確認すると、閃光の発生場所に近かったプレイヤーやモンスたちが、目を押さえて悲鳴を上げている。アメリアのノームたちなんか、全員同じリアクションだ。

「うおあぁぁ！」

「ムムー！」

「目が！　私の目がぁ！」

まあ、ネタを放り込むくらいの余裕があるなら、大丈夫そうかな？

そう思ったが、よく見たら顔の周囲に闇がかかっている。あれは暗闇状態の証だ。数秒から十数秒、視界が真っ暗になってしまうという状態である。

音やスキルでの探知は可能だが、戦闘はかなり難しかった。このままでは、前衛のモンスたちの多くがピンチだ。

慌てて救援に行こうかと思ったら、何故かその周囲に黒スケルトンどもの姿がない。さっきまでは確かに、一〇体ほどの黒スケルトンがテイマー軍団の前衛と戦っていたはずなんだが……。

「いやー、すまんだニャー。アンモライトをうちの子に運ばせようとしたら、スケルトンに攻撃されてすっぽ抜けてしまったんだニャ」

「つまり、アンモライトが、黒スケルトンにも有効だったということでしょうか？」

「ああ！　そういうことか！」

赤星が誤って、黒スケルトンにアンモライトをぶつけてしまったということらしかった。

「これで突破口が開けたな」

「そうですね。でも、アンモライトをかなり使うことになりそうです」

「みんな、あまり数を持ってないのか？」

「私は四つです」

あれ？　意外と少ない？

いや、俺は初日からこの島で色々と掘ってたけど、動画でアンモライトの重要性を知った人たちは数日しか時間がなかったしな。そんなものかもしれない。

因みに、俺は三四個持っている。地味に採掘を続けてきたお陰だ。

今まであまり意識したことはなかったが、オルトの持っている幸運スキルや、俺の招福スキルの効果が出たのかもしれない。

「じゃあ、俺がアンモライトでスケルトンを攻撃して減らすから、一気に岩山に近づこう」

「アンモライトがかなり必要になると思いますが……」

「五、六個程度あればいけるだろ？」

黒スケルトンが多いとはいえ、全体に分散しているわけだし。

「五、六個程度……さすがですね」

「え？　いや、俺は古代の島で釣りと採掘ばかりやってたから」

とにかく、悪魔に近づいて攻撃を加えないと話にならないのだ。アンモライトは大きいのを観賞用にいくつか残しておけばいいし、三〇個は使うつもりでいこう。

頭の中で、微妙に模様が違うアンモライトの内どれを残そうか考えていると、珍しく大きなエリンギの声が聞こえた。

「ちょっと待ってください！」

「どう――って、後ろからもきたのかよ！」

振り向くと、周囲の樹海からスケルトンが湧き出してくるところであった。

ただ、色が違う。悪魔の召喚した黒スケルトンではなく、普通の白い骸骨たちだったのだ。

周囲のテイマーたちが慌てて対応しようとするが、俺は攻撃を咄嗟に止める。

「ちょ、ちょっとまった！　あいつら、海賊の格好してる！　敵じゃないんじゃないか？」

海賊船長が、悪魔と敵対しているのだ。だったら、海賊スケルトンたちも、悪魔の敵なのでは？

俺と同じように、沈没船イベントを発生させていたプレイヤーたちも、俺の推測に頷いてくれる。

しばらく放置して様子見していると、マーカーを識別できる距離まで近づいた。そのマーカーは黄色。ＮＰＣの証だった。

「敵の敵は味方って感じじゃなさそうだけど、放置しておけば勝手に戦ってくれるんじゃないか？」

「かもしれませんね。みんな！　攻撃されるまで、白スケルトンに手を出すな！」

「「「了解！」」」

さすが眼鏡軍師エリンギ。周囲のプレイヤーたちが反発する様子もなく、大人しく従っている。

ていうか、いつの間にかテイマー以外のプレイヤーも増えてきたな。まあ、ソロの場合、テイマーと連携した方が戦いやすいのかもしれない。

それから数分後。

白スケルトンたちは俺たちプレイヤーを素通りし、黒スケルトンに襲い掛かっていった。その直後、スケルトンたちのマーカーが味方に変わる。

「これは有り難いですね。味方扱いならフレンドリーファイアがありませんから、誤爆を気にせずに範囲攻撃を放てます」

「これは、チャンスってことだよな？」

「はい。一気に攻めましょう」

うむ、眼鏡軍師エリンギがそう言うなら間違いないのだ。

「いくぞ！」

「「「おおー！」」」

俺を中心とした――そう、何故か俺が中心にいるプレイヤー集団は、白スケルトンと連係しながら、悪魔のいる岩山に向かって進んでいった。

アンモライトを使うのが俺だから、どうしても先頭にいなくちゃならないし、何となく俺が率いているみたいになっちゃってるんだよね。

「とりゃぁ！」

「キキュ！」

俺とリックでアンモライトを投げ付けながら、黒スケルトンを排除していく。

その威力は絶大で、アンモライトの放つ光に僅かでも触れれば、黒スケルトンは消滅してしまう。

光の効果範囲は半径五メートルほどなので、上手く使えば一発で一〇体以上の黒スケルトンを排除することが可能であった。メッチャ眩しいけどね！

「もうすぐ岩山だぞ！」

「海賊船長がいたニャー！」

「よーし！　救出だ！」

「分かったニャー！」

岩山の麓で黒スケルトン相手に孤軍奮闘していた、海賊船長の姿が見えた。俺たち側にいてくれて助かった。岩山の反対側とかにいたら、陣形をさらに崩さないといけなかったのだ。

近づいても、こちらに攻撃してくる様子はない。むしろ、うちのモンスたちと連係して戦い始めた。

「ムムー！」

「カタカタ！」

オルトと背中を預け合って「やるな」「お前もな」みたいな感じで、視線を交わしている。

「結構ダメージを食らってるニャ！」

「回復させちゃうか？」

赤星とオイレンの男子高校生（推定）コンビが、船長を回復するかどうか相談しているが、それって大丈夫なのか？

「な、なあ。スケルトンって、回復できんのか？　ゲームによっちゃ、回復でダメージ食らうと思うんだけど」

「このゲームならば大丈夫です。ダメージは入りません。まあ、今回は回復もしませんが」

エリンギの言葉通りであった。オイレンのウンディーネが回復させようとするが、海賊船長のＨＰバーはうんともすんとも言わない。

「ネクロマンサーなら回復可能か？」

「うーん、どうでしょう。イベントのモンスターですから……」

「ともかく、ネクロマンサーがいるなら――」

「呼びましたぁ？」

「うぉわぁ！」

だから毎回距離感がおかしいんだよ！　わざとやってるんじゃないだろうな？　しかも、連れているアンデッドが前よりも怖くなってるし！

「ク、クリス。いたのか」

「海賊船長さんはぜひスクショしておかなきゃと思って、頑張ってここまで来たんです！」

「あー、そういうこと」

ウサミミ僕っ子ネクロマンサーのクリスは、アンデッド大好きっ子だ。特殊なスケルトンなんて、絶対に興味があるだろう。

「しかも、従魔の姿が変わってる？」

「そうなんですよ！　恐竜の骨とか肉で、強化したんです！」

イベント中に一度遭遇したときはオーガスケルトンとグールを連れていたが、今はオーガスケルトン改にグールリッパー。あとはゴーストと劣竜牙兵、ゴブリンマジシャンゾンビとなっていた。

「オーガスケルトンの牙と、グールリッパーの爪が、恐竜素材なのか？」

「それだけじゃないですよ。恐竜のお肉を使うだけで、筋力もアップしてます！　前よりもずっとずっと強くなったんですから！」

クリスはそう言ってうれしそうに笑う。彼にとって、実りの多いイベントであったらしい。

「白銀さん。今は……」

「あ、すまんエリンギ」

思わず雑談をしてしまった。それよりも、今は重要なことがあったな。

「クリス。この海賊船長を回復できないか？」

「ちょっと待ってください。ネクロヒールーーうーん、ダメですねぇ。船長さんは対象に指定できません」

「イベント仕様で、ダメージは回復できないってことね」

となると、より海賊船長を護ることが重要になってきそうだ。倒されたら、絶対にイベントに悪影響が出るはずである。

「任せてください！　船長さんは僕が守りますから！」

「そ、そうか？　じゃあ、頼む」

「はい！　他のみんなも、船長さんを一緒に守りましょうね！」

「「「うおおお！」」」

クリスに声を掛けられたプレイヤーたちが、一斉に咆哮のような唸り声を上げた。美少女にお願いされて、興奮したのか？

いや、女性も同じ様に興奮しているか？　男の娘属性だから？　ということは、男たちもクリスが女の子じゃないって分かってる？

ま、まあ、その分協力してくれるならそれでいいか。

「船長さんはクリスに任せて、俺たちはビフロンスを攻撃しよう」

「そうですね。ですが、どうやって攻撃しますか？　相手は岩山の上空に浮いている状態ですが」

「え？　た、確かに……」

とりあえず近づこうと思ってたから、そこまで考えてなかった！

ビフロンスは岩山からさらに一〇メートルほど高い位置に浮いている。前衛じゃ、あれに攻撃できないよな……？

「と、届く奴らで攻撃しよう。ここまで近づけば、魔術や弓なら当たるだろ？　それと、アンモライトも投げれば届くんじゃないか？」

「そうですね。よし！　後衛は攻撃！　前衛はアンモライトを投げるんだ！」

「「「おお！」」」

エリンギの号令によって、皆から悪魔に向かって一斉に攻撃が飛ぶ。魔術に矢、投石やボーラのような物まで見えた。アンモライトも十数個飛んで行ったかな？

『ぐごおおおぉぉ！』

よしよし、効いているな。さっきと同じようなうめき声が聞こえ、黒スケルトンたちの動きが止まった。

遠距離攻撃に参加していなかった人たちが、そこに攻撃を加えて排除していく。

「一斉にアンモライトを使うのは勿体ないかもしれませんね」

「確かにな。タイミングをずらして使い続ければ、嵌《は》められるかもしれない」

「ですね」

ということで、俺たちはアンモライトで悪魔ビフロンスと黒スケルトンの動きを封じつつ、攻撃を加えていった。

飛行系の従魔たちにタコ殴りにされ、遠距離攻撃が次々と直撃し、ビフロンスのＨＰバーがグングンと減っていくのが見えた。

ただ、このまま最後までうまくいくことはあり得ない。俺たちにもそれは分かっている。

『ぬあああ！　許さぬ！　許さぬぞぉぉぉ！』

ＨＰが二割ほど減ったところで、ビフロンスが迫力ある低音ボイスで怒り始めていた。ボス特有の行動変化だろう。

さて、何が始まるだろうか？　上空で叫ぶビフロンスを見ていると、その全身？　まあ頭しかないが、両面髑髏全体から黒い霧が溢《あふ》れ出すのが見えた。そのまま霧が千切れるように分離し、四つの塊となって岩山の周囲へと降りてくる。

攻撃するべきかどうか。

迷っている内に、黒い霧の中から巨大な影が姿を現す。

「ギャアアオォォ！」

異形だ。天を見上げて咆哮するのは、悪魔と同じ漆黒の骨で構成された怪物だった。

今まで戦っていた人の骨ではない。それは恐竜の骨だ。しかもタダの恐竜ではなく、プレイヤーたちを散々苦しめてきた、各所のボス恐竜たちである。

デビルティラノスケルトン、デビルブラキオスケルトン、デビルスピノスケルトン、デビルモササスケルトン。そう表示された四体が、岩山を囲むように現れていた。

「うげ！」

「うわぁ！」

ほとんどのプレイヤーがその強さを想像して呻き声を上げる中、クリスだけは明らかに喜びの声を上げている。

「すごいですねぇ！」

筋金入りの骨好きだな！　俺だってちょっとはカッコイイと思うけど、今は厄介さのほうが勝っているのだ。

「と、ともかく、距離を取って態勢を整えないと！」

「そうですね！　みんな、聞いたな！　一度退け！」

「「「おう！」」」

もうみんな慣れたもので、即座にエリンギの指示で動き出したな。海賊船長も一緒に付いてきている。これで守りやすくなるだろう。

俺たちの近くにいるのは、デビルティラノスケルトンである。漆黒の骨格に赤いオーラ。メッチャ威圧感があるな！　正直、生前よりも強そうだ。

「グルルルル……」

凄まじい威圧感に、プレイヤーは気圧《けお》されている。ゲームの中だと分かっていても、これだけ迫力があるとちょっと怖いのだ。

「グラアアアアァァ！」

「ムムー！」

「フムー！」

だが、モンスたちは違っていた。咆哮を上げる骨ティラノに向かって、対抗するように声を上げている。うちの子たちだけではなく、多くのモンスたちがそうだった。

特に、盾役のモンスたちは怯まずに前に出て行っている。「ムムー」と声を上げるノーム軍団。うーむ、頼りになるね。

モンスたちの勇ましい姿に励まされたのだろう。プレイヤーたちも落ち着きを取り戻し、動き出す。

骨ティラノは確かに強かったが、こちらも人数が揃っている。その攻撃も、前衛たちがしっかりと防いでくれるし、後衛から放たれ続ける弾幕も切れ目がない。

予想以上に余裕を持って戦うことができていた。

骨ティラノからの攻撃よりも、上空の悪魔ビフロンスから放たれる光線による被害の方が大きいほどだ。

「グルルルゥゥ……」

あっという間にHPが三割ほど削られた骨ティラノが、それまでと違う動きを見せる。

やや後ろに下がり、喘《あえ》ぐように天を見上げた。その姿は、怯んで後退《あとずさ》っているように見える。

「ダメージを負ったことによるよろけ？」

「怯み状態か！」

「チャンスだ！　いけいけ！」

周囲のプレイヤーたちがそんなことを話しているのが聞こえた。だが、多分違う。俺はその動きに見覚えがあったのだ。

ティラノが必殺技を放つ前の、溜めの体勢である。対イベントブラキオ戦で、あの巨大恐竜のＨＰを一気に削った、サマーソルト前歯の準備をしているのだろう。

俺は咄嗟にアンモライトを取り出すと、骨ティラノに向かって投げ付けていた。同時に、他のプレイヤーたちからもアンモライトが飛んで行く。彼らも、あの必殺技の恐ろしさを理解しているのだろう。

複数の閃光が、骨ティラノを包み込んだ。

「グガァァ？」

「おお！　やった！」

思った通りだ！　一瞬奴の動きが止まり、必殺技のモーションがキャンセルされた！

「ダメージも結構あるか。どうしよう、ティラノにアンモライトを使っていくべきだと思うか？」

俺はたくさん持っているけど、使いまくってればすぐになくなってしまうだろう。骨ティラノに投げ付けるのは他のプレイヤーさんに任せて、俺は普通に戦う方がいいだろうか？

そう思ってエリンギに聞いてみたんだが――。

「そうですね……。やはり、メインの敵は悪魔です。必殺技などのキャンセルだけを狙い、あとは普通に戦うべきかと」

「そっか。じゃあ、それで行こう。とりあえず準備だけしておいて、ヤバくなったら使うよ」

「皆！　白銀さんから通達！　ティラノ相手にアンモライトは温存！　必殺キャンセルは白銀さんがやる！」

「「「了解！」」」

「え？」

いや、そんな重責を担わされても……。他のプレイヤーが使うだろうし、被ったら勿体ないから俺はどうしようか？　くらいの軽い感じのつもりだったのに！

なんか、アンモライト係みたいになってしまった！　エリンギともっとちゃんと意思の疎通を図っておくべきだったか！

眼鏡軍師エリンギの影響力を考えれば、その提案はこの辺のプレイヤー全員に周知されてしまったとみていいだろう。もう「そんなつもりじゃないんだけど……」って言い出しづらい雰囲気だ。

「くっ、仕方ない。いざという時のために、アイネとリックは俺の横で待機していてくれよな？」

「フマ！」

「キキュ！」

アンモライト爆撃機アイネと、超高速移動アンモライト砲台リックがいてくれれば、いざという時に安心だ。

それに、俺だけがアンモライトを使うように調整しておけば、他のプレイヤーたちの分が温存され、この後の悪魔戦で有利になるのは確かである。頑張るとしよう。

「やってやろうじゃないか！」

「おお！　白銀さんがやる気だニャ！」

「俺もやったるぞ！」

「オイレンは空回りする未来しか見えないから、ステイでいいニャ」

「なんでだよ！」

他のプレイヤーたちもノリノリだ。前のイベントの時もそうだったけど、こういう雰囲気はいいよね。無駄にテンション上がってくるのだ。

「よっし！」

「キキュー！」

「フママー！」

「ち、ちょっと待った！　まだ行かなくていいから！」

「キュ？」

「フマ？」

「俺が合図したらいってくれ」

テンションの上がり過ぎも要注意でした。うちの子たちは調子に乗りやすいからね！　危うくやらかすところだったぜ。

そうして骨ティラノへとアンモライトを投げつける大役を任せられてしまった俺は、何とかそのミッションをやり遂げていた。

「ギョオオォォォ……！」

ＨＰを削り切られて悲鳴を上げるティラノの体が、ボロボロと崩れ、消えていく。

まあ、必殺技のモーションは分かりやすいからね。後は上手くアンモライトを投げ付ければそれでいいのだ。そう難しい事ではなかった。

一度、目の前にいた黒スケルトンにぶつけてしまい、キャンセルが間に合わなくなりそうな時は焦ったけど。アイネが代わりにアンモライト爆撃を行ってくれたおかげで、大惨事は免れたのだ。

俺が簡単な作業を失敗したせいで死に戻りが大量とか、今後ゲームをしづらくなるところだった。アイネに感謝だな。

ただ、骨ティラノ以外の恐竜スケルトンたちは、未だに健在である。

遠目からも、恐竜スケルトンたちが荒ぶっているのが見えた。

「なんか、凄い苦戦してるな」

俺の呟きを聞いたエリンギが、向こうの情報を教えてくれる。

「どうやら、海賊スケルトンの一部がプレイヤーを襲っている場所もあるようです」

「え？　まじ？」

「はい。森から現れた海賊スケルトンは青マーカーに変わる前に攻撃すると、敵対する仕様だったみたいですね」

「うわー、超罠じゃん。運営性格悪っ！」

海賊スケルトンは、未だに森の中から湧き出している。数はそう多くないが、それが敵に回ってしまうと、挟撃されることになるのだ。

しかも、一度白スケルトンに襲われたプレイヤーは、森から出てくるスケルトンを敵だと認識して攻撃し続けるだろうし、そうなればさらに敵が増える。

プレイヤー間の情報伝達とか協力が、とても大事ってことかね。

「俺たちのいる方面は、白銀さんが止めてくれたんで助かりました」

「いや、俺以外のプレイヤーも止めてたよ？」

ただ、誰かが制止する前に、遠距離攻撃を放ったプレイヤーも多かったんだろう。沈没船のイベントを知らなければ、敵だと思っても仕方ないし。

よかった、俺たちのいる方角はせっかちなプレイヤーがいなくて。

「手助けに行った方がいいよな？」

「この辺にいるプレイヤーを三つに分けるのがいいと思います」

「三つ？　恐竜スケルトンに均等に戦力を割り振るってこと？」

「いえ。左右への援軍と、悪魔への攻撃ですね」

エリンギの作戦はこうだ。

かなり苦戦していると思われる骨ブラキオへは、主力を向かわせる。特に、重い攻撃を防いでくれる盾職は重要だろう。

逆にある程度戦えていそうな骨モサへは、回復や支援を少数で送ればいい。モサは電撃攻撃が主体であるようなので、バフで魔法防御を上げればさらに楽に戦えるはずだ。

そうして左右の恐竜が倒されれば、手が空いた者たちは反対側の骨スピノの方へと向かうだろう。

また、悪魔から放たれる光線攻撃や、黒スケルトンの湧きを妨害するためにも、アンモライトを持った部隊でビフロンスへの攻撃も行いたいということだった。

「なるほど。俺は悪魔へ行けばいいのかな？」

「はい。お願いします」

エリンギの指示によってテイマーたちが割り振られ、方々へと散っていく。これでもう一体恐竜スケルトンを倒せれば、大分こちらが優勢になるだろう。

俺はエリンギや赤星、オイレンと一緒に、悪魔ビフロンスへの牽制チームだ。

やることはそう変わらず、前衛で黒スケルトンやビフロンスの攻撃を防ぎつつ、遠距離攻撃を加える。ビフロンスが黒い霧を纏《まと》い始めたら黒スケルトンを召喚する前兆なので、アンモライトをぶつけて妨害すればいい。

ただ、近くにいると、ビフロンスから降り注ぐ光線を完全には防げず、俺たちの部隊は段々と数を減らしていった。

「ペペーン！」

「ペルカ！　やば！　ペルカ送還！」

「ペーン……」

危なかった。ペンギンハイウェイで黒スケルトンを吹き飛ばした直後、運悪くビフロンスの広範囲攻撃に巻き込まれてしまったのだ。

技後の硬直のせいで、回避もできなかったらしい。そこに黒スケルトンが襲い掛かろうとしており、慌てて送還するしかなかった。

「ファウも厳しいか？」

「ヤー……」

「ありがとうなファウ。ここは休んでくれ」

「ヤー！」

バフで活躍してくれたファウも、もう魔力が限界だ。ここはペルカと一緒に送還した方がいいだろう。

代わりに呼び出すのは、ヒムカ、クママである。ここは壁役を補強しておく。

俺の言葉にビシッと敬礼を返してくれたファウの姿が消え、その場にやる気満々のクママたちが姿を現した。

「クックマー！」

「ヒムムー！」

既に臨戦態勢だ。ペルカが説明していてくれたかな？

「頑張ろうな！　ヒムカ！　クママ！」

「ヒム！」

「クマ！」

ファウのバフは減ったけど、今はレイド戦の最中だ。他のプレイヤーたちがバフを維持してくれているため、戦力の低下はほとんどなかった。

むしろ、壁役が一気に二枚増えたことで、俺たちのパーティは安定していた。こういう乱戦時には、前衛がしっかりしていることが重要ってことなんだろう。

それから数分後。

レイドボス戦は新たな局面を迎えていた。

「「「うおおおぉおぉぉぉ！」」」

凄まじい勝鬨《かちどき》が上がったかと思うと、骨ブラキオ、骨モサがほぼ同時に姿を消したのである。ブラキオへの止めはジークフリードが、モサへの止めはウルスラが刺したらしい。

みんな大活躍だな。俺も頑張ろう。

これで残りは骨スピノだけだ。形勢が一気にプレイヤー側に傾いただろう。

一気に戦線が押し上げられ、岩山の周囲にプレイヤーたちが集まってきた。

ただね、これで勝てるほどレイドボスは甘くないのだ。むしろ、これからが本番だった。

『ぬおおおおおお！　こうなれば、我が直々に潰してくれるぅぅ！』

戦闘開始からちょうど二〇分。これがトリガーだったのだろう。

残っていたスピノが黒い霧へと姿を変え、ビフロンスに吸い込まれる。その直後、悪魔はその全身から、今までにないほどの大量の黒い霧を放ち始めていた。

黒い霧はビフロンスの頭部から下に流れ落ちるように、岩山の上に渦巻いている。

アンモライトをぶつけてみたんだけど、効果はなかった。イベント演出中だからだろう。くそ、一つ無駄にした！

『我が真の力を前にしてぇぇ、絶望に震えるがよいわぁぁぁ！』

ビフロンスの叫びが響き、その周囲を覆っていた黒霧が吹き飛ぶ。現れたのは、巨大な漆黒の体であった。基本は人骨だが、所々の形状が違う。爪や牙、足は恐竜のものだろう。そもそも、尻尾が生えている。

それは、半竜半人の巨大スケルトンであった。

ビフロンスが着地すると岩山が崩れ落ち、消滅する。これで近接プレイヤーたちも攻撃を仕掛けられるな。いよいよ本番ということか。

「つ、強そうだな！」

「クックマ！」

「ヒム！」

思わず呟いた俺を励ますように、クママとヒムカが前に出る。うちの子たちは、可愛いうえに勇敢で頼もしいだなんて！　最高だね！

「よ、よし。頑張ろう！」

「ムム！」

「フマー！」

だが、真の姿を現した悪魔ビフロンスは、想像以上に厄介だった。多くのプレイヤーたちは、苦戦を強いられている。

本体が強力な攻撃を放ってくるうえに、黒スケルトンの召喚速度が今まで以上なのだ。

しかも、黒スケルトンの中に黒ラプトルや黒ステゴなどの、恐竜スケルトンが交じり始めていた。

俺たちテイマー軍団は本体への攻撃の手がかなり鈍り、黒スケルトンへの対処に追われてしまっている。ビフロンスの攻撃と、黒スケルトンからの攻撃で、全体でもジリジリと死に戻りが増えているようだ。

うちのパーティも、オルト、アイネが大ダメージを受け、サクラとドリモに交代せざるを得なかった。

逆に頑張っているのが、トップクランの皆さんだ。ボス恐竜スケルトンを倒した後は、その勢いのままに激しくビフロンスを攻め立てている。

実力がしっかりしているだけあって、周囲と連携し始めればメチャクチャ頼りになったのだ。少数で雑魚スケルトンを防ぎながら、ビフロンスに攻撃を続けている。

ビフロンスのＨＰがガリガリと削れていく様は、見ていて気持ちが良かった。

俺たちはここで少しでも黒スケルトンを引き付けて、トップ陣を援護していれば勝利できるかもしれない。

「エリンギ、トップ陣の援護をしたいんだが、どうすればいいと思う？　俺のアンモライトを有効活用すれば、何かできると思うんだよ」

「……それでいいんですか？」

「え？」

いいんですかって、どういうことだ？　アンモライトを無駄に消費していいのかってこと？

「あ、ああ。別に構わないんじゃないか？」

この後また掘ったっていいのだ。

「さ、さすが白銀さん……」

エリンギって、俺の言葉にいちいち大袈裟に反応してくれるんだよね。いい奴だよ。

「援護ということならば無理に攻めず、ビフロンスの大技を妨害する事だけに集中した方がいいでしょう」

「大技って、どれのことだ？」

巨大化したビフロンスの攻撃は、どれもが大技と言っていい。広範囲を薙ぎ払う尻尾に、貫通力のある光線。連射されるうえに爆発する魔力弾に、単純でありながら恐ろしい踏みつけ攻撃。しかも、全ての攻撃が低確率で猛毒状態にしてくるのだ。

どれを食らっても俺ならアウトである。

「時おり口から吐き出す煙ですね。あれが一番厄介です」

「え？　あれ？」

正直、俺的には一番ショボいと思う。

最初は状態異常攻撃か何かかと思ったんだが、特段何も起きなかったのだ。多分、目晦《めくら》ましのための攻撃なんだろう。

それなりに広範囲だが、効果は十数秒くらいだし、そこまで問題には思えないんだが……。

「それが、あれはただの煙幕じゃないみたいなんです」

眼鏡軍師エリンギが再び偵察部隊を放っていたらしく、他のグループの情報を教えてもらった。どうやらあの煙は、本来であれば浴びたプレイヤーに一定確率で状態異常を与えてくる攻撃であったらしい。

　実際、他のグループはそれで苦しんでいるようだった。

「つまり、何故か俺たちの周辺だけが、状態異常になってないと？」

「そのようです」

「何が理由なんだ？」

「それは俺にも……」

　眼鏡軍師エリンギにも分からないんじゃ、俺には絶対に分からんな。

「にしても、トップ陣が困ってるってことは、異常になる確率がそこまで高いのか？」

「いえ、確率は大したことはないようですが、内容がかなり酷いらしいです」

「内容？」

「猛毒、麻痺以外に未見の新種状態異常が登場したらしく、治しようがないようです」

　回復の効果が低下する呪詛。仲間に対して全力攻撃を行う狂乱。全てのスキルとアイテムが使用不可能となる封印。それと、今まではプレイヤーだけが使用できていた即死。

「新登場の四種類に猛毒、麻痺の二つを加えた六種類。あの煙に触れるとそれらにランダムで陥ることがあるようです」

「毒と麻痺は治せるけど、他のはな……。しかも、即死って状態異常扱いなのか」

　俺も即死薬とかを使ってたけど、初めて知ったよ。

「即死なんか防ぎようがないだろ」

「タンク役が即死して、パーティ崩壊ということも起きているようですよ」

「うわぁ……」

「対処不可能な新状態異常がボス戦で実装というのは、少々厳しい気もしますが……」

「言われてみればそうか？　運営がバランス調整ミスったとか？」

「まあ、ここで愚痴っていても仕方ないですね。ともかく、援護したいのであれば煙攻撃をキャンセルするのが一番いいと思います」

「分かった。それを狙っていくよ」

結局、俺がやることはあまり変わらないってことね。アンモライトを取り出し、頭の上のリックにも手渡す。

「もう、アイネもペルカもファウもいない。お前が頼りだからな」

「キキュ！」

飛行部隊を全員送還してしまったので、アンモライト爆撃は使えない。俺とリックの投擲で頑張らなければならなかった。

「みんなも、俺とリックの護衛を頼むぞ」

「モグモ！」

「――！」

「クックマ！」

「ヒム！」

こうなると、壁役が充実している今の布陣は悪くないだろう。

俺はみんなに囲まれながら、ビフロンスの動きだけに集中できるのだ。ただ、集中できるからといって、上手くいくとも限らない。

『グラアァァ！』

「くそ！　煙吐きは予備動作が全然ないぞ！　リック！　投擲だ！」

「キュー！」

リックのアンモライトがビフロンスに直撃し、煙を中断させる。だが、数秒間吐かれただけで、結構な騒動が起きているようだった。

「とはいえ、予備動作が分からない以上、吐き出し始めたらすぐに妨害するくらいしかできんな……」

「キュー……」

さすがレイドボス。一筋縄じゃいかないぜ。

「それでも頑張るぞ！」

「キュ！」

そうしてプレイヤーたちが必死にビフロンスに抗っていると、奴に大きな変化が現れていた。

ようやく佳境ってことかな？

『もうゆるさんぞぉぉぉぉ！』

ビフロンスが怒りの叫びを上げ、その体が真っ赤なオーラに包まれる。

ＨＰが二割を切って、強化状態になったのだろう。明らかに攻撃力、防御力が上昇し、攻撃パターンも変化していた。今まで以上に攻撃が強烈になり、新たにジャンプ踏み付けなどが加わっている。

対するプレイヤーたちは、当初よりも大分数を減らしていた。やはり、状態異常が厄介だ。

どんなプレイヤーでもあっさりと死に戻ってしまう即死は言うに及ばず、他の状態異常も非常に恐ろしい。

魔法、スキル、アイテム。全てが使用不可能になる封印状態は、効果時間は短いものの、かかっている間は戦闘力が大幅に下がる。タイミングが悪いと、回復や防御行動を阻害されてしまい、一気にピンチに陥るプレイヤーもいた。

呪詛状態になると回復量が減るせいで、前衛はジリジリと削られていく。さらにこの状態異常を回復役が受けた場合は、使用する回復魔法やスキルの効果が落ち込む効果まであった。プレイヤーたちにとってはある意味最も嫌な状態異常かもしれない。

また、狂乱の状態異常に冒されると、急に暴れ出して仲間に被害が出てしまう。狂乱中は、フレンドリーファイアが解禁されるのが厄介である。さらに最悪なのは、今まで温存していたスキルや魔法をぶっ放してくるところだ。範囲魔術使いなどが狂乱に陥った場合、被害が甚大だった。

しかも、ビフロンスが赤いオーラを纏った後からは、状態異常の煙を放つ頻度も増えたうえに、状態異常になる確率も上昇していた。

当初は効果がなかった俺たちの周辺でも、チラホラと状態異常になるプレイヤーが出てきている。

また、戦いの間に、プレイヤーたちの陣形も大幅に形を変えていた。

最初の頃はビフロンスをグルリと囲み、散発的に攻撃しているだけだったのだ。だが、今は多くのプレイヤーが一ヶ所に集まり、前衛、後衛の役割をしっかりと熟《こな》しながら戦っていた。

俺たちがいた南側と、反対の北側に集まり、ビフロンスを二つの軍で挟み込むように戦っている。トップクランや前線組は、何故か北に多く集まっているらしい。

南側は、テイマーやソロプレイヤーが目立つそうだ。なんか、気づいたらそんな感じに分かれてしまっていた。できればトップクランが少しこっちに来てくれないもんかね？

「向こうにも、意地があるでしょうからねぇ」

「何か言ったかエリンギ？」

「こちらは少々打撃力に欠けるので、どう動くか迷っています」

「あー、そうなのか……」

俺なんか、しばらくアンモライト投げしかやってないから、全然戦況とか分からん。エリンギに状況を説明してもらうまで、周りが慌ただしいなーとか思ってました。

ちょうど俺がいるあたりに南側のプレイヤーが集まってきたことで、動かずに済んだおかげである。

まあ、俺が慕われているなんて訳はなく、軍師エリンギが俺と一緒にいるからだろう。指揮官を中心に集まった結果だ。

「どうしたらいいと思います？」

「うーん、そうだなぁ……」

エリンギはいいやつだから、最初の司令官と軍師ごっこをまだ続けてくれているけどね。

「このままビフロンスの注意を引き付けつつ、北側の援護をするのが良いんじゃないのか？」

そもそも南側は決定力に欠けるから、これ以外に選択肢はないだろう。

しかし、エリンギたちはそれでは不満であるようだ。

「しかし、このままですと美味しいところをトップ層に持っていかれてしまいますよ？」

「それは悔しいニャー」

「なんか、作戦はないのか？」

赤星やオイレンも、エリンギの隣で頷いている。

俺的にはこのままでもいいんだけど……。下手に攻めて死に戻っても嫌だし、誰が倒そうがイベント成功ならそれでいい。

ただ、みんなは違うらしい。自分たちも活躍したいようだ。

その気持ちも分かるし、レイド戦で自分一人で勝手に戦うのはいかんよな。ここはみんなと合わせて動いておこう。

その後も軽く話し合うんだが、いい案は出ない。そうこうしている内に、戦場に大きな動きが起きていた。

「船長さんが……！　白銀さん！」

クリスの悲鳴が響き渡ったのだ。慌てて振り返ると、海賊船長の体から赤い光が放たれていた。

そのまま見守っていると、海賊船長が剣を高々と突き上げる。すると、周囲で一緒に戦ってくれていた海賊スケルトンたちからも、同じような光が放たれた。

この辺は海賊スケルトンが多いので、メチャクチャ眩しい。

何事かと思っていたんだが、どうやらパワーアップイベントであったらしい。

それまでは黒スケルトンよりもやや弱いくらいだった海賊スケルトンたちが、黒スケルトンを押し返し始めたのだ。

腕力も素早さも上昇し、プレイヤーの手助けがなくとも黒スケルトンが数を減らしていく。トリケラやステゴなどの恐竜スケルトンも、今の海賊たちの敵ではなかった。海賊無双状態である。

「これ、チャンスなんじゃないか？」

「確かに！」

「よっしゃぁ！　邪魔な黒スケどもは白スケたちに任せて、俺たちは突撃だ！」

「赤く光って倍速状態……。運営、分かっているニャー！」

南側のプレイヤーたちが、一斉に突撃し始めた。黒スケルトンたちのヘイトが完全に海賊スケルトンたちへと移ったらしく、こちらを見向きもしない。

そのお陰で、後衛も前へと出られそうだった。

「俺たちもいくか！」

「クマ！」

「モグ！」

ずっとタンク役でフラストレーションがたまっていたのか、クママとドリモが俄然やる気である。

「キキュー！」

リックはこの機会に、黒スケルトンにちょっかいを出しているな。今は平気だけど、調子に乗ってまたヘイトがこっちに向いたらどうするんだよ。

「カタカタ！」

「ギキュー！」

ああほら！　言わんこっちゃない！

白い海賊スケルトンと戦っていても、攻撃したらやっぱりこっちに向かってくるらしい。

お前、額の汗を拭って、「ふー危なかった」ってやる前に、助けてくれた海賊スケルトンさんにお礼言っとけよ？

「キュー？」

「とりあえず、俺の頭の上にでも乗っとけ」

「キュー！」

一気に戦況が変わり始めていた。南側のプレイヤーは、ビフロンスの目の前へと迫っているのだ。

その一方、北側では動きが少なかった。未だに大半のプレイヤーは、黒スケルトンの壁の向こうである。

「あれ？　どうしたんだ？」

「どうやら、北側には海賊スケルトンがほとんどいないせいで、戦況にはあまり変化がないようです」

「あー、そういうことか」

北側では、海賊スケルトンに攻撃を仕掛けて倒してしまっていたらしい。

途中からは仲間になってくれるという情報が伝わって、攻撃は止めたそうだが……。南側に比べると、圧倒的に数が少ないんだろう。

「仕方ありません。俺たちだけで倒す覚悟でいきましょう」

「そうだな！　よーし！　いくぜみんな！」

「クマ！」

「モグモ！」

「「「うおおぉぉぉぉ！」」」

うちのモンスたちに声をかけたつもりが、周りのプレイヤーたちまで反応してメッチャ驚いた！

みんなノリいいな！

「うらぁぁぁ！　突撃だニャー！」

「いったれー！」

「プレイヤーはトップ層だけじゃないってところを見せたるでー！」

そうして南側プレイヤーの総攻撃が始まる。

うちも、ドリモが竜血覚醒を使用して連続攻撃をしかける。アンモライトも大盤振る舞いだ。

「みんな、最後だから本気だな」

プレイヤーたちは温存していた攻撃を放ったり、アイテムを使いまくったりと、精いっぱいの攻撃を仕掛けている。

そんな中で気になったのが、俺の目の前にいるアメリアと赤星だった。

アメリアの横には、緑色の毛が美しい狼。赤星の前には、赤い毛皮の小型の虎が、やる気満々の表情で踏ん張っている。

狼がエア・ウルフ、虎がバーン・タイガーとなっていた。

「ウルっちいくよ！」

「バウ！」

「トリアステ！　やってやるんだニャ！」

「ガオ！」

どちらも、うちのドリモと同じ、イベント報酬の卵から生まれたモンスのはずだ。しかも、ドリモールの卵の次に高ポイントだったやつである。

それを考えると、ドリモの竜血覚醒のような、特殊なスキルを持っているかもしれない。そう思って観察していたら、案の定面白い攻撃を繰り出した。

「ウルっち！　エア・アバター！　からの、超噛みつき！」

「オウーン！」

ウルっちの体が一瞬ぶれたかと思うと、数体に分身したのである。しかも、ただの幻影ではなく、それぞれが攻撃力を持っているらしい。

実体を持った分身を生み出す技なんだろう。

空中を駆け巡る数体のエア・ウルフたちが、ビフロンスに連続で噛みついていた。リトル・エア・

ウルフの頃よりも、さらに素早さが上がっている。

アメリアのウサギさんの時にも思ったけど、あれが敵として出てきたら、勝てる気がせんな。

アメリアに続いて、赤星がバーン・タイガーに攻撃の指示を出した。

「トリアステ、バーニング・ファングだニャ！」

「ガオオォォッッ！」

頭部に赤い炎を纏ったバーン・タイガーが、ビフロンスの脛《すね》あたりに噛みつく。すると激しい炎のエフェクトとともに、爆発が起きていた。こちらも派手だ。

相手がレイドボスなので、ダメージはよく分からない。どれだけ大ダメージでも、ゲージは一ミリすら動かないからね。ただ、相当強力なことは間違いないだろう。

「俺たちも負けてられないな！」

「クックマー！」

「モグモー！」

「キキュー！」

まだアンモライトもいくつか残っているし、ガンガン攻めてやる！

そうして勢いのままに攻めていたら、ビフロンスのＨＰの減少がさらに加速した。

「北側のプレイヤーたちが無理やり前に出てきたようです」

タンクたちを黒スケルトンの足止め役に残して、戦士や魔術師がビフロンスに向かってきたらしい。怒号のような喚声を上げながら、次々と攻撃を仕掛けているのが見えた。

さすがトップ勢。攻撃がドンドン決まり、ビフロンスのＨＰがバンバン減っていく。しかし、ビフロンスもやられっぱなしではない。

『ぬおぉぉぉ！』

「うわー……」

北側のプレイヤーたちに向かって、両手を思い切り振り下ろしたのだ。大勢のプレイヤーが紙切れのように吹き飛ばされ、死に戻るのが見えた。盾役がいないせいで、モロに攻撃を食らったのだろう。

トップ勢の尊い犠牲もあり、ビフロンスのＨＰは残り一割程度のところまで減っている。

そんな時、北側のプレイヤーたちの最前線から白い光が立ち上るのが見えた。

「うわっ！　なんだあれ」

五メートル以上はありそうな白い光の柱が、次第に輝きを強めていく。

よく見てみると、ビフロンスの目の前に、真っ白な鎧を身に着けた戦士風の男がいた。その男が頭上に掲げる両手剣から、白い光が噴き出していたのだ。

なんか、メッチャ絵になる男性だな！　もう、主人公じゃん！

「すっげーかっけー！」

「あれは、ホランド。現在最高レベルのプレイヤーですね。唯一、必殺技が使えるプレイヤーとしても有名です」

「必殺技？　奥の手の比喩《ひゆ》で言ってるんじゃなく？」

「スキルなどとは別に、必殺技という項目があるらしいです。ホランドの場合は、シャイニングセイバーでしたかね？　威力は凄まじいかわりに、様々なデメリットがあるようですよ」

「へー、必殺技かー！」

確かにド派手で、必殺技っぽい。すぐに放たないのは、チャージが必要なのだろう。

どんな威力なんだろうか？　エフェクトもきっと派手に違いない。オラ、ワクワクしてきたぞ！

ホランドは周囲を盾役に守られながら、シャイニングセイバーのチャージを続けている。

チャージ中はヘイトを集めるらしく、ビフロンスが何度か手を振り下ろしていたが、盾役たちの鉄壁の防御によって、無傷だ。

そうこうしている内に、シャイニングセイバーの色が青白く変わってきた。もう少しかな？

俺が胸をワクワクと躍らせながら見守っていたら、ビフロンスが再び攻撃を仕掛けた。例の黒い霧である。

「やべ！」

「キュ！」

必殺技チャージ中のホランドに気を取られていて、キャンセルがかなり遅れた！　リック？　俺の肩の上で、一緒にシャイニングセイバーを見てたよ！

そして、霧が周囲を包んだ直後、光の刃が消えてしまっていた。ホランドがその場に崩れ落ちたのだ。

「そ、即死？」

「キュ？」

すっごい絵になりそうな光景だったのに……。

いや、待てよ。まだ試合は終わりじゃない！　俺にはソーヤ君にもらったアレがあった！

「ホランドさんに蘇生薬を使いにいくぞ！」

「キュー！」

蘇生薬のこと、すっかり忘れてたよ！

「黒い巨大骸骨を、輝く巨大な刃で倒す白騎士。カッコイイに決まってる！」

その光景、絶対に見てみたいのだ。まあ、蘇生したとしても、もう一発撃てるか分からんけど。その時はその時だ！

俺は大急ぎで、ホランドの下へと走る。

「悠長にしてる暇はない！　突っ切るぞ！」

「キュ！」

蘇生薬には制限時間がある。迂回している余裕はなかった。危険覚悟で、ビフロンスの足下を通り抜ける。いやー、スリル満点だね！

名称：蘇生薬
レア度：5　品質：★3
効果：プレイヤー死亡後、九秒以内に使用可能。プレイヤー一人を、ＨＰ、ＭＰが最大時の一割で蘇生させる。

九秒以内に使用しなくてはならないのだ。ただ、ホランドはすでに消えているけど、使用するってどうするんだ？　見切り発車で飛び出してきちゃったんだけど……。

そう悩んでいたら、ホランドが死に戻った場所に近づくと蘇生薬が明るく光り、目の前にウィンドウが立ち上がった。そこには、蘇生できるプレイヤーのリストが表示されている。

ホランドと一緒に死んだと思われる他のプレイヤーの名前もあった。名前の横には時間が表示されている。三秒、二秒――。

やべ！　これ制限時間か！

「ええ？　白銀さん？」

「くっ！　抜け駆けしようとして失敗した俺たちを笑いにきたんだろ！」

「今回も白銀さんに負けるのか！」

なんか周りのプレイヤーが俺の名前を呼んだ気がするけど、今はそれどころじゃない。蘇生薬の制限時間がきてしまう！

えーっと、どう使えばいいんだ？　音声認証いけるか？

「ホランド蘇生！」

そう叫ぶと、蘇生薬が強く輝き、宙に溶けるように消えた。次いで、ホランドが死に戻った場所に再び彼の姿が出現する。まるで転移するような登場だ。

「えええええ？　蘇生薬ぅぅ！」

「まじかよ！　発見されてたのかっ！」

直後、凄まじい歓声が上がった。蘇生薬が使われたことに驚いているらしい。

前線でも未発見だったのか？　やっちゃった？　ソーヤ君、もしかして隠してた？

すまん、ソーヤ君！　みんなの前で盛大に使ってしまった！

ただ、今はレイドボス戦が大事なのだ。というか、真後ろにいるビフロンスが、両腕を振り上げている。

『死ねぇぇ！』

「ヒムー！」

『ぬぅぅぅ！』

ヒムカがなんとか防いでくれたんだが、攻撃は一発で終わらなかった。二発、三発と腕が連続で振り下ろされる。

なんとかうちの子たちが盾になってくれたが、重い攻撃を受けたせいで、硬直が発生してしまっている。五発目の攻撃は、もう防げそうもなかった。

あ、死んだかも？　それでも何とか生き延びる為、杖で受けようと試みたんだが……。

「カッタカター！」

「え？　船長？」

「カタ！」

なんと、海賊船長が俺の前に走り込み、ビフロンスの攻撃を弾いてくれていた。振り向いて、白い歯をキラーンとさせながら、サムズアップしてくれる。

「あ、ありがとう」

「カタカタ！」

なんで俺を助けてくれたのか分からんが、態勢を立て直すチャンスだ！

俺はモンスたちと一緒に、ホランドたちのいる場所まで後退した。周りにはメチャクチャ強そうなトップ陣が揃っている。凄まじい安心感だね！

「えっと……白銀さん？」

「あ、どうも初めまして。ホランドさんですよね？」

「そ、そうです。蘇生薬を使ってくれたって聞いたんですけど、本当ですか？」

「はい、使いました。それで、必殺技って、まだ使えます？」

「必殺技？　あー、発動前にキャンセルされたんで、もう一回やれますけど……」

よっしゃ！　蘇生薬を使った甲斐があった！　思わずガッツポーズしちゃったよ。

「じゃあ、お願いします！」

「え？　いいんですか？　というか、なんで蘇生させてくれたんですか？　あと、蘇生薬って――」

『ぐるあぁぁぁ！』

ダメだ。ゆっくり話してる暇はない。ビフロンスが再び黒い霧を吐き出したのだ。

「キュー！」

リックがアンモライトのナイス投擲でキャンセルしたが、多少の霧はこちらへ振りかかってきていた。

おいおい、ホランドがまた死んじゃったりしないよな？

そう思っていたら、周辺では全く騒ぎが起きなかった。状態異常が全く発生しなかったらしい。よく見ると、船長の周囲に光の膜のような物が発生し、黒い霧を消滅させていた。もしかして、海賊船長が近くにいると、状態異常にかからなくなる？

「カタ？」

本人――いや、本骨は分かってないっぽいな！

「話は後で！　今は奴を倒そう！」

「わ、分かった！　三〇秒かかるから、その間頼みます！」

「おう！」

ホランドが俺の言葉に頷くと、再び大剣を頭上に掲げた。

「大剣奥義！」

そう叫んだ直後、白い光の柱が立ち上る。先程までのチャージ状態と同じ姿だ。この状態で三〇秒も溜めなくてはいけないらしい。

使い辛い技だけど、その分威力は期待できそうだった。なにより、超カッコイイのだ！　黒髪のちょっと陰のある王子さまタイプのホランドが、聖騎士チックな白い鎧に身を包み、白い光に包まれている。

もうね、女性陣はキャーキャーキャーですわ。いや、周囲はムサイ男ばっかりで、全然黄色い悲鳴は聞こえんけどさ。そんなイメージだ。

必殺技のチャージはやはりヘイトを集めるらしく、ビフロンスの攻撃がバンバン飛んでくる。しかし、それらがホランドに届くことはなかった。

タンクさんたちは今まで以上に気合が入っているし、うちの子たちや船長までいるのだ。

さらに、南側プレイヤーたちからもこっちに集まってきた者たちがおり、全員一丸となってホランドを守り続けた。

やはり、みんなも必殺技をぜひ見てみたいのだろう。

「俺たちも、やるぞ！　サクラ！」

「――――！」

「神通は使えるか？」

「――――！」

俺の言葉に対し、胸の前でグッと両手を握り込んで応えるサクラ。

問題なくいけるみたいだ。

いつもならドリモに使うんだが……。

「今回はリックだ！」

進化したことで大幅に強化されたリックなら、きっと期待に応えてくれるに違いない！

「――――！」

サクラがキリッとした顔で、リックに向かってバッと両手を突き出した。まあ、リックは俺の肩の上に乗ってるから、まるで俺に対して手を向けてるみたいに見えるけど。

サクラの手の平から、リックに向かって青い光が流れ込んでいく。

「キッキュー！」

うおおぉぉぉ！　眩しい！　右肩に乗っているリックが青く光り輝いているせいで、右目が開けられないぞ！

リックもちっちゃい拳を腰の横で握り込み、「うぉぉぉ！」みたいな感じで溢れ出る自身のパワーを感じているようだった。

そんなリックが、木の実を取り出した。

いつも使っている、青どんぐりである。

「いや、リック！　もっと強いの使っていいぞ！」

「キュ」

「え？　それでいいのか？」

「キュー」

リックは、あえて青どんぐりを選んだらしい。自信満々に、掲げてみせる。

「キキュキュー！」

「今度は緑に光っとるー！」

リックの手が強い緑色に光り、その光が青どんぐりに移っていく。すると、どんぐりの形自体が変わり始めた。真球状のコロッとした形状だ。しかも、どんぐりサイズだったのが、今や林檎サイズである。

「深緑の果実？　え？　青どんぐりが全然違う作物に変わったんだけど！」

鑑定したら、もう青どんぐりではなくなっていた。聞いたことがない、初見の果実だ。

新取得した深緑の心の効果だろうが、いったい何が起きてる？

「キューキュキュー！」

「投げたー！」

勿体ない！　いや、今は戦闘が優先なんだけどさっ！

リックが投擲した深緑の果実は空を切り裂いて飛翔し、ビフロンスの頭部に見事命中していた。

ゴウン！

「ぬうううぅぅぅあああぁぁぁぁぁ！」

「大爆発ぅぅぅっ！」

メッチャ大爆発したっ！　あれ、もしかして食べられないのか？　イベント終わったら、リックに出してもらえないか頼もうとしてたんだけど……。

青と緑の光を盛大に撒き散らしながら、爆炎がビフロンスの体を大きく揺らす。まるで花火のようだった。

しかも、威力も抜群だ。あのドデカいレイドボスを、一瞬とは言え押し止めたのである。多分、神通の効果が乗ることで、威力が底上げされているのだろう。

しかも、ビフロンスの攻撃を中断させていた。

「やったなリック！」

「キュー！」

「白銀さんのリスさんスゲー！」

「なにあれー！」

周囲のプレイヤーたちも大騒ぎだ。やはり、あれ程派手な攻撃は珍しいらしい。

褒められてドヤ顔のリックだが、主役はお前じゃないんだぞ？

「はああああぁぁぁ！」

きたきたー！

ホランドのチャージが完了したのだ！

天高く突き上げられていた光の大剣が、さらに強烈な白光を放った。

「うおぉぉぉ！　シャイニングゥゥセイバァァァァー！」

『ぬがぁぁぁ！』

かっけー！　やっべー！　すっげー！

語彙《ごい》力が溶けちゃうほどのド派手な必殺技である。

ホランドの振り下ろした光の刃が、まだ数％ほどは残っていたビフロンスのＨＰを、完全に削りきった。凄い威力だな！

苦労したが、俺たちの勝利だ！

そう思っていたら――。

『くそぉぉぉ！　只ではやられんぞぉぉ！』

倒せてなかった！　本当に少しだけ、見えないレベルでＨＰバーが残っていたらしい。

『貴様だけでもぉ道づれだぁぁ！』

「え？　ちょ！」

ビフロンスがこっちを見ているなーと思ったら、その手が伸びてきた。

なんで俺⁉　明らかに俺をターゲットにしているよな？　どうしてだ？　どう考えたって、ホランドの方がヘイトを溜めてるだろ！

「ヒムー！」

「――――！」

ヒムカとサクラが俺の盾になるように飛び出した。

「二人とも！　無茶するな！」

イベントブラキオ戦の悪夢がよみがえる。ヒムカもサクラも、俺が不甲斐ないせいで目の前で死に戻ったのだ。

サクラたちによってビフロンスの巨大な腕は弾かれたが、二人のＨＰが一気に減るのが見えた。即死ではない。しかし、毒状態に陥っている。このままでは俺も、モンスたちも死に戻るだろう。

しかし、俺にはもう回復手段が残っていなかった。ＭＰは尽き、ポーション類は使いきってしまっている。

「くそぉ！」

叫ぶことしかできない。せっかく勝利できそうなのに！

だが、今回は前回とは違っていた。大ダメージを受ける二人に対して、周囲のプレイヤーたちから一斉に回復が飛んだのである。

「動画見といてよかった！」

「あの時の二の舞にはさせせんぞぉぉ！　ヒムカキューーン！」

「サクラたんは僕が守るんだなー！」

おかげで、ヒムカもサクラも無事だった。本当に感謝である。

「た、助かった……」

俺がホッと胸をなでおろしていると、リックがアンモライトをビフロンスに向かって投げ付けるのが見えた。

「キュー！」

『くそおおおぉぉおおぉぉぉぉぉぉ！』

アンモライトの光がビフロンスの黒い骨格を白く照らし、そのＨＰバーが砕け散る。ビフロンスが断末魔の悲鳴を上げながら、崩れ落ちて行くのが見えた。

「キーキュー！」

リックが勝ち誇った顔で、雄叫びを上げる。

「……え？」

「白銀さん！　やりましたね！」

「白銀さんのリスが止めを刺したぞー！」

「さすしろさすしろ！」

「……え？」

「キュキュー！」

「「「うおー！」」」

すまんホランド！　うちのリックがラストアタックいっちゃったみたいです！

ピッポーン！

『大悪魔ビフロンスの撃破に成功しました。おめでとうございます』

ようやく終わったか。色々と目まぐるしいボス戦だった。まあ、レイドボス戦は毎回こんな感じだけどさ。

『ユートさんは、大悪魔ビフロンスとの戦闘にて貢献度が上位二〇％以内に入っていたので、特別報酬が付与されます』

「やった！」

まあ、アンモライトを使いまくったし、さすがに上位には入っているよね。

多分、リックのラストアタックはあまり関係ないだろう。このゲーム、プレイヤー同士がいがみ合うような要素がかなり排除されている。精々が、今回のような貢献度が上位のプレイヤーに、特別な報酬が貰えたりするくらいだ。

ラストアタック報酬なんか設定したら、それ目当てにギスギスするだろうし、それだけ狙って手を抜く奴も出るだろう。

最悪なのは、皆がラスト用に奥の手を残したがって途中で大苦戦、ラストにみんなで大技ブッパでオーバーキル。そして、プレイヤー同士で連携する者もいなくなるって展開だ。

運営もそれを嫌がっているらしく、ファーストアタックやラストアタックについて言及したことは一度もなかった。俺が知る限りは、だが。

それでも、プレイヤー間ではチヤホヤされるので、狙っているプレイヤーは多いらしいけどね。

「レベルもアップしてるな」

レベルアップの通知が連続で鳴っているのだ。俺だけではなく、モンスたちもレベルアップしたらしい。

「さてさて、どんな――」

「あの、白銀さん?」

「うん?」

リザルトの確認をしようとしていたら、後ろから声を掛けられた。

「ああ、ホランドさん」

「どうも」

振り返ると、そこにはホランドが立っていた。相手がトッププレイヤーであるとかそういうこと関係なく、何故か敬語になってしまう。多分だけど、社会人だと思うんだよね。廃人プレイヤーというなら、俺みたいに有給や夏休みを使っているのかもしれない。

コクテンの時も最初はそうだったんだけど、相手に社会人オーラを感じ取ると、ちょっとだけ敬語スイッチが入ってしまうのだ。

ホランドは、妙に怖い顔をしている。もしかして、怒ってる？

「えっと……すみませんでした？」

思わず謝ってしまった。どう考えても、リックが悪魔に止めを刺しちゃったこと、怒ってるよね？

トップ陣なら、ラストアタックを取りたいだろうし。

でも、あれは仕方なかったんや！　まさか、必殺技で倒せないとは思ってもみなかったし！　アンモライト残ってたしさー。

「何で謝るんですか？」

「いや、うちのリスがラストアタックいただいちゃったんで……」

「キュ？　キュー！」

「これ見よがしに胸を張るんじゃない！　空気読め！」

「キュ？」

「とりあえず頭下げておけ。な？」

「キュー」

俺の頭部に片手を当てて、ガックリと項垂《うなだ》れるポーズをするリック。

「反省のポーズすな！　前もやってただろ！　それ好きだな！」

「あー、その、怒ってるわけじゃないんで、謝ってもらわなくても大丈夫です」

「え？　そうですか？」

なんだー、それならそうと、早く言ってよね！　ドキドキしちゃったじゃないか！

「はい。それよりも、どうしても聞きたいことがありまして。何故、俺を蘇生してくれたんですか？」

「え？　ああ、それは必殺技が見たかったからですよ？　メチャクチャ格好良さそうだったし」

「……え？　それだけですか？」

「そうですけど」

「いやいや！　それだけで貴重な――」

《バトルフィールドが解除されます。戦闘開始前の場所へと転移しますので、ご注意ください》

ホランドの言葉を、ワールドアナウンスが遮った。視界が暗転し、ホランドの姿が消える。

あー、話の途中で転移してしまった。そこは、レイドボス戦の前に立っていた、池の畔である。

「あの、白銀さんですよね？」

「はい？」

また声かけられちゃったよ。忙しいな。

「えーっと、どちらさん？」

「僕はヒューイと言います。さっき、蘇生薬を使ってましたよね？　あれ、どこで手に入れたんですか？　もしかして、白銀さんが作ったんですか？」

凄い勢いで詰め寄られた。メッチャ早口で、矢継ぎ早に質問を繰り出してくる。

「あー」

そういえば、蘇生薬って貴重なんだった。

前線のプレイヤーたちも知らなかったみたいだし、下手したらソーヤ君が初めて作製に成功した可能性さえある。そりゃあ、知りたいと思う人はいるよな。

「俺も偶然手に入れただけで、あれ一つしか持ってないんだよ。入手する方法も知らないし。だから、俺から話せることはないんだ。すまん」

「そ、そうですか……なら――」

「はーい、そこまでー」

「え？」

な、なんだ？　急に凄い数のプレイヤーが近寄ってきたんだけど。もしかして蘇生薬の事を聞き出そうと？

逃げようかどうか迷ったが、彼らの目的は俺ではなかった。数人が俺とヒューイの間を遮るように立つと、他の奴らが彼を囲むように壁を作ったのだ。

「すみません。後はこっちでやっておくんで、白銀さんはどうぞ行ってください」

「貴重な情報をこんな場所で聞き出そうとするとか、マナー違反しちゃいかんですよね！」

ヒューイの友人たちかな？　どうも、俺が困っていると思って止めに入ってくれたらしい。まあ、実際少し困ったから、ちょうどいいや。

「じゃあ、俺は行ってもいいですか？」

「どうぞどうぞ。ヒムカきゅんを労ってあげてください」

「お疲れ様でしたー。リックちゃん、バイバイ！」

「サクラたん、またねー」

ここはお言葉に甘えてしまおう。俺は彼らに手を振り返す従魔とともに、池のそばから離脱した。

「あ、ユートさん！」

またですか！　今度は誰だ？　そう思ったら、今度は知り合いだった。むしろ、ここで会えてよかった。

「おお、ソーヤ君！」

「大活躍でしたね！　さすがです」

「アンモライトだけはたくさんあったからね。でも、アレ使っちゃって、ゴメン。皆の前で使ったせいで、騒ぎになっちゃうかも……」

俺だけではなく、場合によってはソーヤ君の身の周りまで騒がしくなるかもしれないのだ。正直、迂闊《うかつ》だった。

しかし、ソーヤ君は笑っている。

「いいんですよ。そもそも、ちょっと予想してましたし……。独占しておきたいなら、ユートさんに渡したりしてませんから」

「そうか？」

「はい。レシピはもう早耳猫に売る約束をしているんで、すぐに広まると思いますしね。大丈夫です」

それなら、確かに広まるのは早いだろう。迷惑をかけたらマズいと思ってたけど、大丈夫そうだな。良かった良かった。

運営の場合

「ふううぅ。なんとか上手く収まったか？」

「そうですねぇ。それなりの激闘で、第二陣のプレイヤーも参加できてましたし。調整は成功なんじゃないですかね？」

「よかった。急遽《きゅうきょ》悪魔を追加したから、どうなるか不安だったが……」

「本来は、恐竜のアンデッドと黒スケルトンだけの予定でしたもんね。それだけだったら、マジで瞬殺だったかもしれないです」

「新状態異常のお披露目も早くなっちまったが、そっちも問題はなかったか？」

「はい。動作不良などはなかったようです。ＮＰＣとの交流度によって異常確率が減少するように調整しましたが、そっちも上手く作動してました」

「スケルトン船長の周囲にいるプレイヤーにも異常無効が付与されるようにしてたはずだが……。ああ、そっちも問題なかったみたいだな」

「はい」

「演出関連はどうだ？　悪魔の追加に合わせて、スケルトンの出現演出や細かい挙動もかなり変えたが」

「そっちも大筋は問題なかったっぽいっす。悪魔の情報を喋るＮＰＣが急に無表情になったり、悪魔のヘイト上昇が多少回復役に偏ったり、調整が行き届かなかった部分は少しありましたが……。大きな問題には繋がらなかったんで、結果オーライってことで」

「結局、白銀さんがいいとこ持ってってたがな」

「今回は仕方ないですよ。アンモライトの数もとんでもなかったですし」

「今回も色々と引っ掻き回されたというか、こっちの見通しが甘かったことを思い知らされた。次のイベントは、こんな行き当たりばったりの調整が入らないようにしたいもんだな」

「……今回ほどのバタバタはともかく、完全にこちらの思惑通りというのは……。無理じゃないですかね？」

「なんでだ？」

「だって、白銀さんがいるんですよ？」

「そこはほれ、事前に対策を立てておくとか、プレイヤーの行動でボスの強さとかに変動がない仕様にしておくとか、色々あるだろ？」

「……それでも、上手くいく未来が想像できないんですよね」

「……やっぱそう思う？」

「白銀さんですから」

「いや！　何かやり方があるはずだ！　諦めんなって！」

「まあ、それはおいおい考えるとして、とりあえずやらなきゃいけないことがありますよね？」

「ビフロンスは今回使っちまったから、次のイベント用の悪魔、新しく作らないとな……」

「頑張ってください」

「お前もやるんだよ！　あー！　飲まなきゃやってられん！」

「ただ飲みたいだけじゃないですか。それに、いいこともあったでしょう？　蘇生薬のお披露目のタイミングとしては、最高だったんじゃないですか？」

「確かに、完璧なCMだったな。これで、存在が一気に広まってくれた。レシピが広まるのも時間の問題だろう」

「このままだと、即死が強すぎるってプレイヤーから文句が出てたかもしれませんしね……。本当にいいタイミングで使ってくれました。白銀さんグッジョブ！」

「発見者がしばらく秘匿すると思ってたら、あのお披露目だ。公式動画でも取り上げれば、周知は完璧になるはず」

「蘇生薬の周知とお披露目用に考えてた幾つかのサブイベとキャンペーン、やらなくてよくなったんじゃないですか？　もう、十分広まってますから。主任、また徹夜で調整だーって泣いてたじゃないですか」

「泣いとらんわ！　ただまあ、確かに。いや、待てよ？　ということは……久々に家に帰れる？」

「今気づいたんですか？」

「しばらく帰れてなかったから、帰宅という言葉が頭から抜け落ちていたんだよ！」

「そっすか。でも、良かったじゃないですか」

「おう！　ありがとう白銀さん！　ひゃっはー！」

「まあ、帰れない理由の筆頭が、その白銀さんなんですけど……」

ホランドとヒューイの場合

「負けたな……」

「負けたというか、眼中に入ってない感じだったね」

「正直、周りに流されて必殺技使おうとしてたけどさ……」

「あれ、君がトドメを刺してたら、トップ陣以外からの非難が凄かったと思うよ？」

「白銀さんのリスに助けられたか」

「蘇生薬の件も併せて、頭が上がらないよ。たぶん、あれがなかったら、上位も危うかったかもよ？」

「だよな……。なあ、俺を蘇生した理由。本当だと思うか？」

「いくらなんでも、必殺技を見たかったからっていうのは……。貴重な蘇生薬をそんな理由で使うわけないと思う」

「俺も同意見だ」

「僕、思わず白銀さんに聞いちゃったんだ。蘇生薬をどこで手にいれたのかって」

「ほう?」

「そうしたら、偶然手に入れただけで、よく分からないって。嘘ついているようには見えなかったな」

「……それが本当だとしたら、超貴重品じゃないか」

「うん。もう一度手に入るかどうかわからないし。そうまでして、君を蘇生した理由……」

「花を持たせようとしてくれた?」

「かもね。トップ陣だなんて言われても、今回のイベントじゃ僕ら全くいいところなかったし」

「それを憐れんで……か?」

「うん。直接話した感じ、普通にいい人っぽかったし」

「……負けたな」

「負けたね。というか、最初から勝負になってなかったってことかな?　今回のイベントで確信したけど、運営も白銀さんみたいなプレイをお望みってことだろうね」

「いや、あれは無理じゃないか?」

「言い方が悪かった。僕らみたいな、戦闘しかしないようなプレイスタイルじゃなくて、色々とサブイベントを探すような遊び方ってことね」

「そういうことか。まあ、町を回って、ＮＰＣに話を聞きまくるようなプレイの方が正解なんだろうな」

「他のゲームだと当たり前の、前線に張り付いてひたすら効率よくレベリングし続けるみたいなプレイは、今後通用しなくなるかもね」

「だが、今さら白銀さんみたいなプレイはできないぞ？　したくもないし。今回のイベントで思い知った。俺には無理だ」

「分かってるよ。それに、僕は今みたいなプレイが好きなんだ。ボスを一番に攻略して、誰よりも早く、誰よりも先へ。誰も行ってない場所に、自分たちが一番に足を踏み入れる」

「俺だってそうだ。戦闘して、レベルが上がるのを見るのが好きだ。ＮＰＣと会話する暇があるんなら、レベリングがしたい。そういう意味じゃ、恐竜は良かった。もっと戦ってたかったんだがなぁ」

「だからさ、このプレイスタイルで本当のトップになってやろうじゃないか。目指せ、次のイベントでの一番だ」

「おう。でも、他のクランの奴らなんかは、プレイスタイルを変えるって言ったやつもいるし、前線のプレイヤーが少し減っちまうかもな」

「別にいいんじゃない？　それもまた、自由さ。白銀さんの真似をするって言ってた奴らは、ただ単にチヤホヤされたい奴らが多かったし、上手くいくとは思えないけどさ」

「まあ、とりあえずは――」

「とりあえずは？」

「白銀さんにお礼しに行く。レイドボス戦終わりはほとんど話せなかったからな」

「……」

「どうした？　怖い顔して」

「見守り隊っていうのがいるから、気を付けて。超怖いから。そりゃ、マナー違反をした僕が悪いんだけどさ……」

「あ、ああ、気を付けるよ」

「本当に気をつけて！」

「お、おう」

【第二陣イベント】ここは現在開催中の第二陣記念イベントを語るスレ Part10【開催中】

・イベント関連の情報求む
・攻略情報じゃなくてもOK
・小さな疑問などでも構いません

：：：：：：：：：：：：：：：

109：マルカ
今回は凄い規模のレイド戦だったね。

110：みむら
サーバー分けされずに、万以上のプレイヤーが同時参加したボスは初めてだったからな。
壮観だった。

111：メェメェ
有名プレイヤーさんの見本市みたいでした。
ホランドさんとか初めて見ましたよ。

112：望月六郎
トップ陣は最前線に張り付いていて、さがってこないからな。
名前は知られていても、顔は意外と広まってないことも多い。

113：ムラカゲ
初めてと言えば、ホランド殿の必殺技は初めて見たでござるよ。
拙者でも、あのような凄まじい技を身に付けることができるのでござろうか？

114：マーダーライセンス・バキ
いつかは習得できるだろうけど、現状だと詳しいことは分かってないからね。
エリア10のどこかに特殊クエストを発生させるカギがあるとは言われているけど……。
戦闘系のイベントだったら僕は無理！

115：みむら
その名前で戦闘系が無理ってwww
まあ、まずは、最前線に行けなきゃ話にならんがな。

116：メェメェ
私も無理ですね！　最前線遠いです！
簡単に取得できる方法が発見されるの待ちます。
植物学とか、今回のイベントで取得できるようになりましたし。

117：マルカ
必殺技がポイントだけで取得できるようになるかな？　かなり強そうだったじゃん？
レイドボスのHP、すんごい削ってたし。
必要ポイントがすごそう。

118：望月六郎
まあ、一回目は不発に終わっていたが。

119：ムラカゲ
あれは憐れでござったなぁ。

120：みむら
トップ陣「白銀さんに負けたまま終われるかぁぁ！　自己主張してる場合じゃねぇ！　一致団結して爪痕を残すんだ！　ホランド、いけぇぇ！」

ホランド「よし！　みんなの力を貸してくれ！　うおおおぉぉぉ！」
ボス「はい即死攻撃」
ホランド「ぎゃあぁぁ！」
トップ陣「ぎゃあぁぁ！」

121：望月六郎
あれは不覚にも笑ってしまった。

122：マーダーライセンス・バキ
体からすっごい光の柱を噴き上げて「うぉぉぉ！」って言ってたと思ったら、
黒い煙浴びて眠るようにカクンって倒れて、周りが「し、死んでるっ！」。
笑わない方がどうかしてる。

123：メェメェ
ちょっとかわいそうでしたね。

124：ムラカゲ
思わず同情してしまったでござる。
だからこそ、白銀さんもアレを使ったのでござろう。

125：マルカ
アレね。

126：みむら
まさか、あんな堂々と蘇生薬のお披露目が行われるとは思わんかった。

127：マルカ
白銀さんの辞書に、独占や秘匿という文字はないんだろうね。

128：ムラカゲ
潔い。
流石白銀さんでござるな。
しかも、良いところなしのトップ陣に見せ場を譲ろうという心意気！
見習いたいでござるな！　まあ、いざその場面になったら、拙者は絶対に躊躇すると思うでござるが。

129：望月六郎
ホランドの必殺技シーンがなければ、公式動画にトップ層がほとんど映らないという結果になっていただろうしな。
動画のことまでは考えていないだろうが、花を持たせたんだろ？

130：メェメェ
でも、蘇生薬を使った理由、必殺技が見たかったからだって聞きましたよ？

131：みむら
いやいや、それは建前だろう。
いくらなんでもそんなふざけた理由で、蘇生薬を使うはずがない。
今ならいくらで売れると思う？

132：望月六郎
俺もホランドに気を遣ったに１票。

133：マーダーライセンス・バキ
まあ、ソロだと蘇生薬は使い辛いとは思うから、使っちゃえって思ったのかもしれないけど。
自分が死んだら即全滅扱いで、モンスの回復にしか使えないもんね。
それでも、あっさり使っちゃうメンタルはすごいけどさ。さすがだよね。

134：メェメェ
そういうことですか……。さすが白銀さん。
会ったことはないですけど、好感度だけが上がっていきます。
ゲームのキャラならもう攻略寸前ですよ。

135：みむら
一度も会わずに攻略を成してしまうとは……。
さすが白銀さんと言えばいいのか、羊娘がチョロ過ぎると言えばいいのか……。

136：マルカ
でもさ、白銀さんはゲーム内での金銭欲とか物欲が薄そうだから、必殺技が見たかった説は全くありえなくはないと思うんだよね。

137：ムラカゲ
それは確かに。
むしろ、必殺技が見たいという理由だけで蘇生薬を使うという方が、彼《か》の御仁らしいとすら思えますな。

138：メェメェ
それはそれで凄くないです？
むしろ、そっちの方がサスシロな気がします。
どちらにせよ、私の攻略は成功ですよ！

139：みむら
やっぱこいつがチョロ過ぎたらしい。

140：マルカ
そういや、公式動画で白銀さんと一緒にいた眼鏡君。あれ誰？
カップリング板が大盛況なんですけど？　白銀×眼鏡と白銀×ホランドで大

論争。
そこに白銀×ウサノーム派も加わってもう収拾付かない感じ。

141：望月六郎
そこまで有名ではなかったが、今回のイベントで異名が付きそうだな。
眼鏡とか眼鏡軍師。あとは眼鏡くんとか呼ばれてる。

142：みむら
テイマーっぽかったな。
白銀さんの知り合いなんだろう。

143：メェメェ
私は眼鏡×白銀でお願いします。

144：マルカ
えー？　白銀×眼鏡じゃない？
あれは攻められて伸びるタイプよ！

145：メェメェ
いえいえ、眼鏡くんの眼鏡攻めですよ！

146：マーダーライセンス・バキ
眼鏡攻め……。想像できない。
ちなみに僕はサク×シロ推しです。

147：ムラカゲ
こういうのが溢れているから、白銀さんは自分関連の掲示板を見ないのでござろうな。

148：望月六郎
精神汚染対策か……。
あり得る。

149：マルカ
今回は——というか今回も白銀さん周りが動画に使われた率高いから、テイマーが名を売ったよね。

150：マーダーライセンス・バキ
ウンディーネテイマーは相変わらずウンディーネテイマーだった。漢だ。
あと、ウサノームテイマーが、狼を連れていて驚いた。今後はウサノームオオカミテイマー？

151：みむら
長すぎる www
それに、元々有名だったやつ以外のテイマーにも異名が付いたぞ。
眼鏡軍師に女王様。他にも何人か無名テイマーが目立ってた。

152：メェメェ
女王様。いましたね。モサにとどめさしてました。
ボンデージなんて、どう作るんでしょう？
テイマーさん、個性強過ぎじゃないですか？

153：ムラカゲ
そんな人々でなくては、テイマーなどやっていられないのでござるよ。きっと。

154：みむら
なんか、忍者が良い言葉風に纏めようとしたぞ。

155：望月六郎
職業と個性に、何の関連もない件について

156：ムラカゲ
なんか、拙者への風当たり強くない？

157：みむら
気のせいだといいな？

158：望月六郎
気のせいだと思い込め。

159：マルカ
気のせいかもしれないよ？

160：マーダーライセンス・バキ
今なら「気のせい」と書かれたこの壷が 100 万イベトで貴方《あなた》のものに！

161：メェメェ
気のせいって書こうとすると、樹の精って変換されますよね？

162：ムラカゲ
否定してほしいのでござるが……。

163：マルカ
嘘は吐《つ》けない。

164：ムラカゲ
ぬわーん！

：：：：：：：：：：：：：：：

【有名人】白銀さん、さすがです Part23【専門】

・ここは有名人の中でもとくに有名なあの方について語るスレ
・板ごと削除が怖いので、ディスはNG
・未許可スクショもNG
・削除依頼が出たら大人しく消えましょう

：：：：：：：：：：：：：：：

631：チョー
今回も白銀さん大活躍だったな。
戦闘力はさして高くないはずなのに、レイドボス戦で活躍する白銀さん。さすがです。

632：タカシマ
公式動画もいい仕事してる。
ある意味、白銀さんの活躍まとめ動画だからな。

633：てつ
白銀さんを中心に集まるテイマーたち。目の保養になります。

アンモライト大量保有からの、ビフロンスの行動キャンセル。さすしろ！

テイマー以外のプレイヤーも率いての、海賊船長救出。将軍白銀出陣！　眼鏡軍師もいるよ！

スケルトンティラノ戦での見事な指揮。アンモライトを大量使用してまで、仲間を支援してましたね。いよ！　太っ腹！

良いところのないトップ陣への支援という、大人な一面。心が広い！　トップ陣は見習って！

そして、蘇生薬使用という爆弾投下。もうあなたから目が離せないっす！
ホランドてめー、感謝しやがれ！
最後は見せ場をしっかり作ってフィニッシュ。ドヤ顔のリスさんがメチャ可愛い！

634：ツンドラ
蘇生薬の使用は確かに爆弾だった。
だが、それでなぜお前が荒ぶるwww

635：てつ
いや、何となく？

636：苫戸真斗
遠目からでも、アンモライトをポンポン投げてるのが見えましたよね。
モンスちゃんたちにまで使わせてたし、どれくらい散財したのか……。
考えるだけで怖い。

637：チョー
見守り隊の人間の報告だと、最低でも30個は使ったんじゃないかって話だった。

638：タカシマ
うわ～。それって何十万イベト分だ？
俺なら絶対温存しちゃうぞ。

639：てつ
俺も。

640：ツンドラ
まあ、そこが俺たちと白銀さんの違いってことなんだろ。

641：タカシマ
せやな。
それに、白銀さんの周りにプレイヤーがメッチャ集まってるのにも驚いた。
テイマー以外も多かったよな？　俺もその一人だから､人の事は言えんけど。
俺たちみたいな、見守り隊予備軍があれだけいるって事？　あれ全員？　いや、まさかね？

642：チョー
そのまさかだと思うぞ？
大半は野次馬目的というか、白銀さんに興味があって集まったやつらだ。
つまり、見守ろうという気持ちが多少はある。

643：苫戸真斗
プレイヤー総見守り隊疑惑？

644：チョー
今回はサーバー分けされていない、超大規模レイド戦だったからな。
今までは人づてに聞いた話と、公式動画で白銀さんのやらかしを知るしかなかった。
だが、今回は生やらかしを見れるかもしれないチャンスだぞ？

645：ツンドラ
まあ、全員白銀さんの周りに集まるよな。

646：タカシマ
やらかしを生で見たい勢　＋　モンスのファン　＋　皆が集まってるから何となく集まってきたプレイヤーたち　＝　白銀アンチ以外の全員。

647：苫戸真斗
白銀さんのアンチなんているんですか？

648：チョー
目立つプレイヤーには当然湧いて出る。

649：ツンドラ
とは言え、今はアンチと言うほど酷い存在ではなくなったが。
以前は掲示板で荒ぶる愚か者もいたが、そういう奴らは見守り隊に通報されて消えた。
ゲーム内掲示板での誹謗中傷は規約違反だからな。
軽くてもアカウント一時停止。酷い奴はBANされる。

650：タカシマ
今やアンチスレは全然アンチ感なく、普通に白銀さん分析スレになってるぞ。
どうすれば白銀さんを出し抜けるかって話すスレだ。
まあ、過疎ってるから、雑談スレみたいなもんだが。

651：てつ
トップ陣の中には白銀アンチも多いだろ？

652：チョー
苦々しく思ってる奴らは多いだろうな。
今回だって、いいとこ全部持ってかれたわけだし。

653：ツンドラ
最近はエリアの突破にも時間かかるようになってきたから、トップ陣の影もちょっと薄いしな。
最高レベルとか、ユニーク職業とか、分かりやすい特徴があればいいんだが。

654：苫戸真斗
ホランドさんとかですね。

655：ツンドラ
全プレイヤー中最高レベルで、唯一の必殺技保持者のホランド。あれはまさにトップだろう。
相棒のヒューイも特殊なジョブって噂だし。
あいつらの所属するクランは文句なくトップと言っていい。

656：てつ
まあ、後追いで最前線に張り付いているだけのプレイヤーはなぁ。
どこがトップなの？　って感じだ。

657：苫戸真斗
白銀さんの方が凄く思えますね。

658：チョー
ギリギリしがみ付いてる系のトップ陣はそこが気にくわないんだろうな。
他のゲームだと、もっとチヤホヤされるのは確かだし。

659：タカシマ
今回のイベントでの惨敗っぷりを見ると、少し憐れだがな。

660：ツンドラ
今回のイベント、ホランドなんかはショートカットを狙わずに普通にプレイしてたぞ。
NPC に声かけて、村でサブイベ起こしてっていう姿が目撃されている。
古き良き RPG 形式っていうのかね？　段階を経てイベントを進めていく感じだった。
まあ、イベントっていうのは本来そういうものだし、それ以外に進め方がないとも言えるんだが……。

661：てつ
白銀さんがショートカットして、存在感を示してしまったと。

662：ツンドラ
そうなんだよ。
ある意味トップ陣が白銀さんの真似をした結果、白銀さんはその先を行ったという……。

663：チョー
結果、ボス戦では活躍してやると意気込むトップ陣が多数出現。
言い合いになって連係崩壊。
立て直す頃には手遅れで、結局いいところは持ってかれてしまったわけだ。

664：タカシマ
白銀さんは一日にして成らず。

665：苫戸真斗
名言出ました！

666：てつ
名言……？
名言っていうのは白銀さんが言ってた「必殺技が見たかったからですよ？」みたいなやつの事を言うんだ！

667：チョー
それも名言とは違うと思うが。
まあ、誰もが驚く言葉ではあるけど。

668：ツンドラ
そんなわきゃねーだろって思うけど、白銀さんならそれもマジかもって思ってしまう。

669：苫戸真斗
有力なのは、トップ層に花をもたせた説でしたっけ？

670：ツンドラ
普通なら､「これ以上トップ陣に目を付けられないように迎合した」とか「マウントを取るために蘇生薬を恵んでやった」みたいな言われ方をすると思うんだがな。
白銀さんの場合、不思議なほどにみんなの見方が好意的www

671：てつ
白銀さんだからな。

672：チョー
そもそも、白銀さんの場合、どっちに転んでも「さすが白銀さん！」って言われると思う。

673：タカシマ
トップ陣に花をもたせてやった説の場合
優しい！　さすが白銀さん！

本当に必殺技が見たかっただけ説の場合
行動が大物すぎる！　さすが白銀さん！

打算ありきの行動だった説の場合
フィクサー！　さすが白銀さん！

こんな感じ？

674：苫戸真斗
有り得そうですね……。
さすが白銀さん！

：：：：：：：：：：：：：：：

第五章　イベント終了！

ボス戦でのリザルトを確認すると、俺とドリモ、ヒムカ、アイネ、ペルカのレベルが上がっていた。さすがレイドボス。経験値はそれなりに貰えたらしい。

「あとはドロップだけど……。ビフロンスの魔核と、ビフロンスの爪。後はビフロンスの怨念か……」

魔核と爪は、まあいい。普通に素材だろう。だが、怨念って……。一応素材扱いになっているけど、大丈夫なのか？　素材を使ったら、ヤバいアイテムができそうだけど。

「ソーヤ君、どうだった？」

「僕はこんな感じですね」

ソーヤ君は魔核と爪は俺と同じだが、最後の一つが黒煙という素材になっていた。状態異常系のアイテムが作れそうだ。錬金術師のソーヤ君にとっては、いいアイテムなのかもしれない。

「怨念ってアイテム、何に使えると思う？」

「うーん……。確か、一部のアンデッドがこれに似たアイテムを落としたと思います。レイスの悔恨と、ゴーストの悲嘆《ひたん》だったかな？　どっちも極レアドロップですよ」

「確かに似てるな」

「それと同じなら、攻撃アイテムにもできますし、武器の素材にもできたはずです」

「呪われたりしない？」

「呪いというか、非常に尖った能力の武器になるそうです。レイスの悔恨で作った杖を見たことがありますけど、器用と敏捷が大幅に下がる代わりに、精神と知力が大上昇するっていう性能でしたから」

「それは、確かに尖ってるな」

とりあえず、イベントが終了したらルインかシュエラの店に持ち込んでみよう。それに、他の使い方が発見されるかもしれない。レアドロップみたいだけど、俺以外にゲットした人がいないわけないだろうし。

しかも、ドロップは素材だけではない。イベント引換券と恐竜飼育セット引換券、巨大水槽引換券が一枚ずつ入手できていた。

上位二〇％ボーナスは、イベトとイベント引換券が一枚なので、この戦闘で引換券を計四枚も入手できている。

「あとは……そうだ！　ショクダイオオコンニャク！　鑑定しないと！」

「そうでした。元々はそれが目的でここにきてるんですし」

俺とソーヤ君は、ドロップなどを確認しているプレイヤーたちの間を縫って、古代の池へと近づく。

臭いが強くなってくるのが分かるね。

「見えた」

「早く鑑定して離れましょう」

「ヒム！」

「――！」

ソーヤ君はこの臭いが耐えられないらしい。ヒムカとサクラも賛同するように大きく頷く。そして、俺のローブを引っ張り始めた。

サッサと鑑定してとっとと離れようということなんだろう。

「はいはい。分かった分かった」

「――！」

いつもは大人しいサクラが、珍しく俺を急かす。余程この臭いが嫌であるようだ。植物好きのサクラにまで嫌がられるとは、ある意味凄いぞ？

俺は、サクラの頭をポンポン撫でて宥めながら、遠くに見える巨大な花を鑑定した。問題なく鑑定できたようだ。これでコンプリートしたはずなんだが――。

ピッポーン。

『イベント専用図鑑をコンプリートしました。ユートさんに、『夏を楽しみ尽くした者』の称号が授与されます』

おお、報酬は称号か！　また増えてしまったぜ。効果として、イベント終了時にイベトが付与されるというのは恐竜系の称号と同じだったが、他にも報酬があった。

称号：夏を楽しみ尽くした者

効果：イベント終了時、一定のイベトを付与。一部スキルの特殊取得条件を解放。

「特殊取得条件？」

ウィンドウを開いて確認してみると、確かに新たに取得可能なスキルが増えていた。鉱物知識、動物知識、水生知識、鉱物学、動物学、水生学の六種類だ。

取得条件を満たさずとも、ポイントを支払えば取得できるようになったっぽい。これが特殊取得ってことになるのだろう。

ただ、必要なポイントが多いな。植物知識を取得した時は2ポイントで済んだはずだが、他の知識系スキルは8ポイントと表示されている。

鉱物学などは40ポイントも必要だった。まあ、あの長いチェーンクエストをスキップできるわけだから、これくらいは必要なのかもしれんが。

当然ながら、俺以外にも図鑑をコンプしたプレイヤーたちはいる。喜んでいる人たちは間違いなくそうだろう。

「おおお！　称号だ！」

「やった！」

「これで、植物学が！」

図鑑を全部埋めたプレイヤーはそこそこいるらしい。怪魚以外はそれほど難しくないし、島をキッチリ回っていれば埋まっていてもおかしくないのだ。図鑑コンプリート情報は売れそうになかった。

「ヒームー！」

「――――！」

「うぉっと！　引っ張るなって！」

「ヒムムー！」

遂に耐えきれなくなったヒムカが、俺の腕を引っ張り始める。サクラが後ろから押してくるので、抗うこともできなかった。

「ソ、ソーヤ君はこの後どうするんだ？」

「知人たちとバザールに行くことになってます。イベント終了前に、アレの材料が売ってないか見たいんで」

「あー、なるほど」

蘇生薬はソーヤ君がその知人たちと研究して作り上げたらしい。その知人たちと、さらに蘇生薬の品質を上昇させるための素材を探すのだろう。

俺も一緒に行こうか迷ったけど、アレはまだまだ秘密も多いはずだ。無理に付いていっても迷惑になるだけである。

俺はここでソーヤ君と別行動をすることにした。うちの子たちと手を振り合うソーヤ君と別れて歩く。何か忘れているような気がするんだけど、何だったっけ？

「あ、そうだ！　リックの深緑の心！」

「キュ？」

「青どんぐりを深緑の果実に変えたのは、深緑の心の効果だよな？」

「キュ！」

俺の想像で合っていたらしい。肩の上のリックが頷く。

「じゃあ、もう一度使ってくれないか？　この青どんぐりを、果実に変えてくれ」

「キュー」

「え？　できないの？　日に一度しか使えないとか？」

「キキュ」

「じゃあ、何か特殊な発動条件があるのか？」

リックに質問を続けて分かったのは、深緑の心もサクラの神通と同じで、特殊な発動条件が必要なスキルであるということだった。

農業とかに使うスキルではないようだ。

深緑の果実は、しばらくお預けかな。

歩きながらリックとスキルについてのやり取りをしていると、見知った顔が前にいた。

「おーい！　アメリア！　オイレン！」

「白銀さん！　ねぇ、これからどうするの？　もしよかったら、私たちと試練の浜にいかない？」

「試練の浜？　何するんだ？」

「実はさ、私もオイレンも、まだ図鑑が埋まってなくて。あとはリュウグウノツカイさえ登録すれば、コンプなのよ」

リュウグウノツカイか！

そういえば、魚拓にしちゃったせいで、俺もまだ確保できてなかった！　忘れてると思ったのはこれか！

「釣りに行こうかって話をしてたんですけど、白銀さんも一緒にどうです？　というか、一緒に行ってくれませんか？」

「うん？　誘ってくれるのは嬉しいけど、何で俺なんだ？　一回釣ったけど、別にコツとか掴んでるわけじゃないぞ？」

確か釣りをメインに活動しているプレイヤーもいるって話だし、そっちにお願いした方がいいと思うけど。

「いやいや、白銀さんならきっとやってくれるから！」

「そんな期待されても……。確約はできないぞ？」

「それでもいいですから！」

このイベント中は結構運がいいのは確かだけどさ。オイレンもそこを期待してくれているんだろう。でも、偶然は何度も続かないと思うけどな。

「ま、まあ、一緒に行くのはいいけど、後で文句言うなよ？」

「分かってます！」

「やった！　じゃあ、いきましょ！　あ、白銀さん」

「なんだ？」

「オルトちゃんは？」

「……休憩中だよ」

「ちぇっ」

アメリアめ。あわよくばオルトと一緒に釣りをするつもりだったな？

「そう言えばさ、オイレンのウンディーネ、全種類揃ってるよな？」

「お？　お目が高いね！　その通り！　フロイライン、セルキー、アーチャー、クッカーと、四種類コンプさ！」

フロイラインはうちのルフレと同じ進化先だから、ほぼ同じ外見である。個体差で、目つきとか鼻とか髪の長さとかが、ちょっと違うくらいかな？

クッカーも、元のウンディーネに似ている。違いは、三角巾をお洒落《しゃれ》に巻いているくらいだろうか。

外見的に大分違うのがセルキーだ。青い髪の毛の、美少女タイプであることに変わりはない。しかし、身長は一〇〇センチくらいで、元のウンディーネから一〇センチ以上縮んだだろう。顔もかなり幼い感じだ。

さらに、装備も大分違う。ウンディーネの青いドレスのような服ではなく、アザラシの被り物をしていた。モチーフはアザラシの赤ちゃんだろう。真っ白でフワフワな体毛の小さなアザラシである。頭部はフードのようになっており、被ると目のあたりまでを覆うことができるタイプだ。体の部分はマント状で、羽織ると丈の長いカーディガンのような形状だった。

こういう進化の仕方もあるんだね。

「シルキーもいいな」

「だろ！」

「で、そっちの弓を背負っているポニテのウンディーネが、アーチャー？」

「そうそう。好感度マックスで解放されたルートだな」

「やっぱそうか。従魔の心、貰えたのか？」

俺はルフレを可愛がっているつもりだけど、従魔の心はもらえていないのだ。すると、オイレンが教えてくれた。

「どうも、プールが関係してるっぽいぞ」

「プール？」

「ああ、ホームにプールとか大きな噴水があると、いいっぽい」

うちにも水場はあるが……。ただ、オイレンに話を聞くと、もっと大きな物でなくてはならないらしい。オイレンの場合、ウンディーネたちのために巨大なプールを作ったそうだ。そして、そこで戯《たわむ》れている内に、従魔の心がもらえたらしい。

全員の従魔の心がプールで遊んでいる内にゲットできたことを考えるに、間違いないそうだ。

「助かったよ。情報料、どうすればいい？」

「いやいや。いらないって。これは、白銀さんが一緒に釣りに行ってくれることに対する報酬みたいなもんだから」

「俺だってリュウグウノツカイ釣りたいし、むしろ誘ってくれて有り難いんだが……」

「気にしない気にしない。こっちも白銀さんが一緒に行ってくれるのは、本当に本当に有り難いから！」

「いいのか？」

オイレンがそれでいいというなら、有り難く教えてもらっちゃうが。ああ、そうか、オイレンはルフレのファンだったな。それでか！

「オイレンは、ルフレの隣に座るなよ？」

「なんでっ⁉」

そうして、戦士の浜から船を出して、リュウグウノツカイ釣りを始めてからおよそ三時間。もうイベント終了まで二時間を切っている。

「他のプレイヤー、全然いないな」

「みんな、アンモライトとか琥珀を探しにいってるんじゃない？　高値で売れるし」

「あとは、古代の池での釣りも人気だと思いますよ。シーラカンスは欲しがるやつも多いっすから」

「あー、かもなー」

アメリアやオイレンとだべりながら、船の上から釣り糸を垂らし続ける。こんな風に小舟に乗って、のんびりと釣りをするのもいいもんだ。

波で軽く揺れる船は、まるで揺り籠《かご》のようである。リックなんか、熟睡しているな。

「ねぇ、白銀さんの竿、引いてない？」

「おっと！　こいつは重いぞ！」

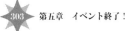

「もしかしてきたんじゃないすか?」

「どりゃぁぁ!」

ようやく釣れた!　間違いなくリュウグウノツカイであった。銀色の長い体に、赤や紫の飾りが付いた、ド派手な魚である。

「釣ったぞぉぉぉ!」

「やったね!」

「さすが白銀さん!　パねーっす!」

「ふははは!　鑑定したければしたまえ!」

「ありがたやー」

「サンキューシッロ!」

アメリアたちはバッチリ図鑑を埋められたらしく、称号に狂喜している。

「そろそろ戻るか?」

「そうっすね――」

そんな中、異変は起きた。

バシャーン!

「ピョギャー!」

「え?　ラビたん?」

船の周りで泳いだり潜水しながら遊んでいたアメリアの従魔が、盛大な水飛沫《しぶき》とともに海面に急浮上してきたのだ。

水泳や潜水能力を持った、ウサギ系の従魔である。

情けない感じの悲鳴を上げていた。毒生物にやられたか？

「ラビたん！　どうしたの！」

「ピョーン！」

凄い勢いで船に戻ってきた水色のウサギが、何やら焦った表情で俺たちに訴える。何のジェスチャーだろうか？

両手をクネクネ動かし、全身をウェーブさせるように動かす。

うちの子たちも大概だが、アメリアのウサギも相当人間臭いな。

「うーん……。タコ踊り？　つまり、タコが出たのかしら？」

「ピョン！」

「違うみたいだな～。これはタコじゃなくてイカなんじゃないですか？」

「ピョーン！」

ラビたんが船の床をタシタシと蹴りながら、違う違うと首を振る。アメリアもオイレンも甘いな。

その動き、あれにそっくりだろ！

「イソギンチャクに決まってる！」

「ピョピョーン！」

「お、怒るなって！　あ、分かった！　クラゲだ！」

「ピョン！」

正解であった。つまり、それって――。

「フムー！」

「ルフレー！　え？　あれヤバくね？」

ルフレの悲鳴が聞こえた。

そちらを見ると、ルフレの胴体に巨大な触手が巻き付いて、持ち上げられている。見覚えがある触手だ。

「海流のところに居た、デカクラゲの触手かよ！　なんでここに！」

「し、白銀さん！　ルフレちゃん助けないと！」

「お、おお！　そうだな！　リック！　木実弾で触手を攻撃できるか？」

「キキュ！」

さすがリック。結構な距離があるんだが、投擲を見事成功させた。

俺たちが見守る前で、ルフレの拘束が解かれる。ドボンと海に落ちたルフレだったが、すぐに船に避難してきた。

「大丈夫か？」

「フム……」

多少のダメージは受けているようだが、それだけである。毒などもない。

「しかし、あの触手はなんだったんだ……？」

既に姿はないが、近くにいることは確実だろう。

「とりあえず砂浜に戻るぞ！」

「そ、そうだね！」

「了解！　みんな頼むぞ！」

オイレンのウンディーネたちが船を引っ張ることで凄まじい速度で浜辺に近づいていく。

そして、俺たちが砂浜に辿り着けた頃、海面を割って巨大な物体が姿を現していた。

「やっぱクラゲか！」

「クラゲは嫌いじゃないけど、あんなにおっきいとキモッ！」

「なんか、ゾワッとするっすねぇ！」

超巨大なエチゼンクラゲ。そうとしか言いようがない姿だ。どうやって海上に出ているのだろうか？　明らかに触手で体を支えている。リアルだったら自重で潰れてしまうはずだが……。

まあ、その辺はゲームという事か。

クラゲが段々とこちらへ近づいてくる。そして、クラゲが砂浜目前まで迫ったその時だ。

ピッポーン。

《条件が満たされました。戦士の浜にて、特殊レイドクエスト『復讐《ふくしゅう》の巨大クラゲ』が発生しました。現在の参加プレイヤー、三名。途中からでも参戦可能ですので、近隣のプレイヤー様はお急ぎください》

ワールドアナウンスが告げられ、巨大クラゲの頭上に大きな赤マーカーが表示された。レイドボスを示すマーカーだ。

「参加者三人って、俺たちの事だよな？」

「間違いないねぇ」

「いやいや！　無理だろ！　あんなの三人で勝てる訳ない――」

「危ない！」

「ムム！」

相談する間もなかった！　巨大クラゲの奴が水を飛ばして攻撃してきたのだ。アメリアのノームが庇ってくれなかったら、ヤバかっただろう。

「ど、どうする？」

確か、海流を越える為のルートの一つに、クラゲのボスが登場するって話だった。しかし、話に聞いていたよりも何十倍も大きい。レイド用の巨大個体なんだろう。

俺の問いかけに、オイレンも首を横に振っている。どうするか判断つかないんだろう。

「さっきのアナウンス聞いて、他のプレイヤーが絶対にくるから！　それまで逃げ回って耐えるのよ！」

「な、なるほど！」

そこで俺たちはアメリアの提案通り、逃げ回って時間を稼ぐことにした。巨大クラゲが段々と岸に近づきながら、攻撃を繰り返してくるが、そこはノームズの超防御力だ。

スクラムを組み、鉄壁の防御で俺たちを守ってくれた。レーザーみたいな水流攻撃をクワで弾き飛ばす姿は、頼もしさしかない。

そして数分後。最初のプレイヤーたちがやってくる。

「白銀さん！　アメリア！　オイレンも！」

「おお！　ウルスラか！」

「うわー、なにあれ！　超カッコイイ！」

「えー？」

やってきたのは、ウルスラを先頭にしたテイマーの大集団であった。どうやらテイマー同士で懇親会のようなものを開いていたらしい。

すぐ近くにいたため、いち早く駆けつけてこられたのだろう。

その後も、多くのプレイヤーが続々と駆け込んでくるのが見える。

「お、おっきい！」

「わ、私たちじゃ絶対に敵《かな》わないよ！」

あそこにいるのはD介とU子か？　頑張れ、若人たち！

しかも、加勢しに来てくれたのは、プレイヤーたちだけではない。

「坊主！　奴はクラゲどもの王だよ！　仲間が散々やられて、怒っているのさ！」

「え？　あ、伝説の漁師さん！」

いつの間にか、一人の老婆が俺の横にいた。怪魚関連でお世話になった、伝説の漁師さんである。

「奴の弱点は、傘の中の柔らかい部分だ！　そこを狙いな！」

「ど、どうやって？」

「自分で考えろと言いたいところだが、特別に教えてやろう。奴はあの形《なり》で、氷が弱点だ。氷でダメージを与えれば、一時的に傘がめくれ上がるのさ！」

「なるほど」

「ほら！　さっさと行動に移りな！　ぐずぐずしてるんじゃないよ！　海じゃあ、気を抜いたやつから死んでいくんだ！」

どちらかと言えばホンワカさが売りのこのゲームでは、珍しいくらいのハードボイルド！　しかし、今はその歴戦の勇士感が頼もしいのだ。

老婆の指示を聞いたプレイヤーたちが、一斉に動き出す。

「氷魔術！　氷魔術が使える方はここのプレイヤーさんの中にいらっしゃいませんか！」

「遠距離攻撃を使えるやつは、準備しておいた方がいい！」

「タンクたちは、後衛の護衛だ！」

一度方針が固まってしまえば、後は早かった。

すでに大規模なレイド戦を経験もしているし、どう動けばいいか誰もが分かっているのだ。

そもそも、クラゲはそれほど強くはなかった。ＨＰと手数は多いものの、攻撃力は低く、死に戻りが出る程の威力はない。

しかも、時間が経てば経つほど、プレイヤーの数が増えていくのである。

プレイヤーが一定数を超えるとフィールドが拡張されるお陰で、手狭になることはない。元々は小さめの浜だったはずの海岸が、いつの間にか鳥取砂丘かっていうくらい広くなっていた。プレイヤーの数は優に万を超えているだろう。

途中で、海流越えのボスである子クラゲを大量に生み出したりもしてきたが、やはり瞬殺されてしまう。

なにせ、数百以上の魔術が一斉に放たれるのだ。無数の子クラゲたちのＨＰバーが、一瞬で砕け散っている。

クラゲ自身も、プレイヤーたちの攻撃に翻弄されていた。特殊な行動をしようとしても、怪しい動きがあると一斉に攻撃が飛んできてキャンセルされる。結局、通常攻撃か、子クラゲの召喚くらいしか使用することができなかった。

そして、戦闘開始から二〇分後。巨大クラゲは数の暴力の前に沈んでいた。かわいそうなくらい、サンドバッグ扱いだったな。

ラストアタックを取ったのはホランドだ。今度こそ必殺技で止めを刺し、皆から喝采《かっさい》を浴びていた。光の剣は、何度見てもかっこいいよね！

『特殊レイドクエストを達成しました。参加者全員に、６１６イベト、及び巨大水槽引換券が授与されます。参加者全員に『夏の海の思い出』の称号が授与されます』

「え？　チケットはともかく、イベトがショボくない？　なにこれ」

その後、他のプレイヤーたちが検証していたが、どうやら１０００万イベトを参加者の人数で割ったのではないかということだったつまり、参加者が少なければ少ない程、取り分が多かったということなんだろう。経験値が雀の涙なのも、同じ理由だと思われた。まあ、ほとんどのプレイヤーは、称号をゲットして喜んでいるけどね。

称号：夏の海の思い出
効果：バザール及び周辺のＮＰＣからの好感度上昇

ただささ、イベントの終わり直前にゲットしても、意味なくない？　もしかしたら、もっと最初に発生するべきイベントだったのだろうか？

「ま、いいや。終了まで一時間くらいだし、最後はモンスたちと遊んでおくか」

掲示板

【テイマー】ここはLJOのテイマーたちが集うスレです【集まれPart37】

新たなテイムモンスの情報から、自分のモンス自慢まで、みんな集まれ！

・他のテイマーさんの子たちを貶《おとし》める様な発言は禁止です。
・スクショ歓迎
・でも連続投下は控えめにね。
・常識をもって書き込みましょう

：：：：：：：：：：：：：：：：

766：入間《いるま》ブラック
じゃあ、巨大クラゲのトリガーの一つは、海流のところにいるクラゲの撃破数だったってことか？

767：エリンギ
多分な。本来であれば古代の島はもっと後に発見される予定だったはずだ。そこから大慌てで島に行こうとするプレイヤーがクラゲを撃退することで、トリガーが引かれる予定だったのだと思われる。

768：イワン
それなのに、古代の島が初期に発見されてしまい、クラゲ撃退以外のルートも発見されて広まったから……。

769：ウルスラ
古代の島があるという情報だけなら、まだマシだったと思うけど……。
白銀さんが突破した？　→　なら戦闘しなくてもいけるルートがあるはず！　→　戦闘回避できるルートを探せ！　→　クラゲを倒さずとも済む海底の

ルートなどが発見される。

770：イワン
本来ならクラゲのレイドボス戦を発生させて､称号を得た状態で住人と交流。
その結果、他のルートを教えてもらう的な展開だったのかな？

771：入間ブラック
つまりこれも白銀現象か……。

772：エリンギ
クラゲの撃破数に関しては、イベント終了間際に駆け込みで挑むものが多かった。
クラゲ撃退で称号などが貰えやしないかと考えたんだろう。
それにより、最後のトリガーが引かれたのだと思う。

773：ウルスラ
クエストの名前も、復讐の巨大クラゲだったもんね。

774：エリンギ
ただ、未確認情報だが、白銀さんが何かをしたという噂も……。

775：イワン
何かって？

776：エリンギ
それは分からんが、レイドボス戦に最初期から参加していたという話もあるからな。

777：ウルスラ
それは間違いない。

私たちがたどり着いた時、巨大クラゲと白銀さんたちが戦ってたから。

778：入間ブラック
最初の参加者は白銀さん。つまり、イベントを起こしたのも白銀さん？
出現地点にたまたまいたんじゃなくて？

779：ウルスラ
それはそれでサスシロだけどね。
海流のクラゲの撃破数でフラグが立てられて、白銀さんがトリガーを引いた
可能性――あると思います。

780：イワン
否定できない説得力 www
白銀さんだからねぇ。

781：オイレンシュピーゲル
どうなんだろうなぁ。
俺たち、釣りしてただけだし……。正直分からん？

782：イワン
え？　も？

783：オイレンシュピーゲル
実はレイド発生時に、白銀さんと現地にいましたー。
でも、本当に釣りしてただけなんだよねぇ。
何か特別なことあったかな？

784：アメリア
分かんない。
でも、白銀さんの事だから、無意識に何かやらかしててもおかしくはない。

785：オイレンシュピーゲル
白銀さんだもんな。
有り得るか。

786：ウルスラ
それにしても急に始まるから、慌てて浜に向かったわよ。
拍子抜けするくらい弱かったけど。

787：入間ブラック
本当はもっと参加人数が少なくなる想定だったんだろう。
運営、憐れ。

788：イワン
島の反対側にいた人たちは間に合わなかったみたいだね。
あとは、古代の島の探索中だった人たちも。

789：ウルスラ
前線組は意外といたわ。トドメがホランドだったし。
彼らがちゃんと団結すると、やっぱり強いってよく分かった。
次のイベントは最初から協力して進めると思うし、上位はトップ陣が独占ってこともあり得る？
いえ、それが普通で、今までがおかしかったんだけど。

790：赤星ニャー
それは確かに。トップの面目躍如《めんもくやくじょ》って感じではあったニャー。
ホランドの必殺技、本日２発目。

791：オイレンシュピーゲル
そしてそれを、「すげー！　かっけー！」って大喜びしながら見てる白銀さん。
必殺技が見たかったから蘇生薬使った説がより有力に……。

792：赤星ニャー
というか、今回のクラゲ、白銀さんがトリガーを引いたんだとすると、俺たちが称号を得られたのも白銀さんのおかげ？

793：アメリア
あー、確かに？
一万人以上に称号を与えるなんて……サスシロ！

794：オイレンシュピーゲル
進んだ先でフラグを踏みまくる白銀さん。サスシロ！

795：エリンギ
まだ白銀さんのおかげと決まったわけでは……。
そのうち、全ての幸運が白銀さんのおかげという、サスシロ教ができてしまいそうだな。

796：イワン
私がレベルアップできたのも、白銀さんのおかげです。
サスシロ～。

797：ウルスラ
私がボスに勝利できたのも白銀さんのおかげです。
サスシロ～。

798：オイレンシュピーゲル
私に彼女ができたのも白銀さんのおかげです。サスシロ～。

799：赤星ニャー
私が志望校に合格できたのも白銀さんのおかげです。サスシロ～。

800：入間ブラック
やばい、ゲーム内のネタが現実を侵食し始めたぞ！
あと、後半の二人は現実見ろ。

801：オイレンシュピーゲル
なんでだよ！

802：赤星ニャー
そうだニャー！　オイレンはともかく、俺は問題ないです～！

803：オイレンシュピーゲル
な、なんだと……。裏切ったな！
くそ！　こうなったら――。

804：入間ブラック
こうなったら？

805：オイレンシュピーゲル
白銀さん！　我に彼女を与えたまえ！
サスシロー！

806：イワン
白銀さんに迷惑だからやめなさい。
気持ちは分からんでもないけど。

807：アメリア
ゲームの枠を超えて信仰を集めるなんて。
サスシロ～。

808：エリンギ
テイマーたちの入信は待ったなしか。
可愛いモンスを得るご利益《りやく》がありそうだしな。

809：アメリア
御神体は、今回のイベントでも大暴れだったしねぇ。
最初から最後まで。

810：入間ブラック
終了間際にレイドボス戦とか、気が抜けないイベントだったな。
まあ、楽しかったが。

811：アメリア
うんうん！　今回のイベント、最高でした！
レイドボス戦も楽しかったし、それ以外もよかった。
海が青かった！

812：イワン
ボス戦ではテイマーが目立ってましたね。
白銀さんがダントツですけど、エリンギさんもウルスラさんも注目度アップしてますよ。
女王様と眼鏡軍師が定着しそうですよね。

813：ウルスラ
ふふん。狙い通りね！

814：オイレンシュピーゲル
ね、狙ってたの？

815：ウルスラ
そうよ。だからあんな恰好《かっこう》して、鞭使ってるんだもの。
うふふふふ……あはははははは！

816：イワン
理由は聞くまい。というか、聞きたくない。

817：エリンギ
眼鏡軍師か……。

818：アメリア
おりょ？　嫌なの？　かっちょいいのに！

819：エリンギ
嫌と言うか、ゲームの中でも眼鏡なのかと思ってな。

820：イワン
もしかしてリアルも？

821：エリンギ
小学生の頃から、あだ名はずっと眼鏡だな。

822：入間ブラック
だったら、どうしてゲームでも眼鏡をかけてるんだよ。
なんか、特殊なユニーク装備なのか？

823：エリンギ
もう、眼鏡をかけてないと落ち着かないんだ。

824：オイレンシュピーゲル
あー、眼鏡勢はそれ言うよな。

825：エリンギ
眠るとき以外はずっとかけているからな。外している状態が違和感過ぎるんだ。
しかも軍師？　白銀さんの隣にいただけなんだがな……。

826：赤星ニャー
白銀効果だニャー。
それに、異名が付いただけいいじゃんか！
俺はウンディーネテイマーの友人とか言われてるんだニャー！

827：入間ブラック
目立つ　＋　分かりやすい特徴が必要だからな。
お前の場合、微妙にとっちらかってるんだよな。
口調は安定しないし、モンスも可愛い系だけかと思いきや、獣も連れてるし。
白銀さんを見習えとは言わん。無理だから。
でも他の異名持ちと比べても微妙。

828：赤星ニャー
く……。ロールプレイはどうしても忘れることが……。
可愛い女の子を侍《はべ》らせるのも、止められないんだニャー！

829：ウルスラ
じゃあ、諦めなさい。
そんなことよりも、気になってることがあるのよね。

830：赤星ニャー
な、流された……。

ここは、どうしたら俺に異名が付くか、話し合う流れなんじゃ……？

831：アメリア
赤星めんどい。
それで、何が気になってるの？

832：ウルスラ
白銀さんのモンスちゃんだけどさ。

833：赤星ニャー
ほ、ほんとに流すんだ……。
でも、白銀さんの話は気になるから、もういいですニャー。

834：オイレンシュピーゲル
ドンマイ。

835：エリンギ
それで、気になっていることとは？
まあ、予想はつくが。

836：ウルスラ
白銀さんちのリックちゃん、進化してたよね？
メッチャモフ度が上がってたし！

837：アメリア
あー、あれね！　私教えてもらったよ。
早耳猫で情報売ってるんじゃないかな？

838：入間ブラック
ということは、確実に特殊な進化ルートってことか！

839：イワン
後で情報買いに行ってみます。
それにしても、特殊なモンス、羨ましい。
そして、さりげなくそんなモンスを連れてる白銀さん。

840：オイレンシュピーゲル
むしろ白銀さんが特殊じゃないモンスターを連れている姿が思い浮かばないwww

特殊と言えば、アメリアのエア･ウルフと、赤星のバーン･タイガー。目立ってたな。
公式動画にも登場してたぞ。

841：宇田川ジェットコースター
公式動画見た。すごかった。
それで質問があるんだが。
動画見て、ウンディーネのファンになったんだけど、どのルートが一番いいんだ？

842：ウルスラ
男ってこれだから！

843：アメリア
ほんとほんと。

844：入間ブラック
ウサノームテイマーには言われたくない！

845：ウルスラ
擁護できないわ～。

846：アメリア
残念でした！
私はもうケモノームテイマーって言われてるもんね！

847：イワン
主題はそこではないと思うけど。

848：エリンギ
女性テイマーの中には、サラマンダーのみでパーティを作っている奴もいるし、お互い様と言えるんじゃないか？
俺だって、蟲《むし》だけのパーティだからな。

849：赤星ニャー
そうだニャー。

850：イワン
赤星とエリンギの場合、微妙に違う気がするが。

851：赤星ニャー
欲望に忠実という点では同じだニャー！

852：宇田川ジェットコースター
それで、結局どのウンディーネがいいんだ？

853：オイレンシュピーゲル
ウンディーネに貴賤はない！　全てがいい！

854：ウルスラ
と、犯人は供述しております。

855：宇田川ジェットコースター
いや、そう言われても……。
戦闘力がないタイプはさすがに厳しいんだよ。
フロイラインが回復特化。セルキー、アーチャーは攻撃能力があるってところまでは調べたんだが、いまいちイメージがな。
それで、パーティに入れた感じを聞いてみたいんだ。

856：アメリア
アーチャーは今のところオイレンしか手にいれてないんだよねー。
入手方法がアレだから……。

857：オイレンシュピーゲル
フロイラインの回復力はかなりのものがある。パーティがかなり安定すると思うぞ。
それに、後ろで見守っていてもらうと、可愛くてテンションアップ！　最高！

858：イワン
そこか？

859：オイレンシュピーゲル
そこが重要だろ！
セルキーは水中戦闘力が高い。ただ、地上だといまいちかな？
でも、あのアザラシの被り物はモフモフで最高だぞ。妹枠だ！

アーチャーは逆に、ウンディーネの中だと一番水中での能力が低いが、攻撃能力は一番高いな。
水魔術も使えるし。あと、ちょっと凛々しくなるから、馬鹿をして叱られた時に一番うれしい！

860：赤星ニャー
ほほう。セルキーちゃん、いいねぇ。
一緒に遊びたい。膝の上に乗せて頭なでなでしたい。

861：アメリア
うわぁ……。それはちょっと……。
ないわぁ。

862：赤星ニャー
ノーム狂いに引かれた！

863：ウルスラ
赤星アウトー。

864：イワン
まあ、この手の話題は男性に対する風当たりの方が強いから……。
諦めてくれ。

865：入間ブラック
俺はアーチャー推しだ！
ポニテのお姉さん、いい！　俺も叱られたい！

866：イワン
こ、このタイミングでそう言えるお前を尊敬するよ！

867：エリンギ
いいのはフロイラインじゃないか？
気品がある。

868：イワン
エリンギ、お前もか！

869：アメリア
私ならクッカーちゃんかな。手料理食べたい！

870：ウルスラ
あー、私も！　メイドさんみたいに、お世話してもらいたい！

871：イワン
あれ？　みんな？

872：オイレンシュピーゲル
やはり、ウンディーネは全部可愛い！

873：宇田川ジェットコースター
結局、俺の質問の答えは……？

：：：：：：：：：：：：：：：

【色々なモンス】テイマー、サモナー以外による従魔愛好スレ part10【愛でたい】

否主流派使役系職業。または、否使役系職業だけどモンスを愛でたい。モンスハスハス。そんなプレイヤーたちによる語らい掲示板です。

・否使役系職によるテイムやサモンスキルの使い勝手情報求む
・ただ可愛いモンスの情報を語るだけでも構いません
・マスコットもいいものだ
・他のプレイヤーのモンスのスクショなどは、許可を取ってから掲載しましょう

：：：：：：：：：：：：：：：

887：ラスプー
今回のイベント、テイマー大活躍。
うらやましいなー。

888：林檎様
悪魔戦でテイマーが大暴れしたもんね。
可愛くて有能なうえに、白銀さんとお揃いだなんて！　テイムモンス最高！
みたいな風潮になって、テイマー増えないかな？

889：ルアッハ
まあ、テイム取得者は増えるんじゃないですか？

890：ラスプー
というか、もうテイマー十分多いだろ！
ずっと前から似たようなことになってる。

891：レクイエム
恐竜のスケルトンの影で、ネクロの評価も少し上がったんだけどな。
テイマーには勝てん。

892：クロネック
いつか陰陽師《おんみょうじ》だって！

893：ラスプー
トップサモナーの方々！　お仕事の時間ですよ！
白銀さんよりも目立って、サモナー人口を増やして下さーい！

894：林檎様
自分でやれ www

895：ラスプー
あれは、トップテイマーが集まったからこその大活躍だぞ？
ただのサモンを取得してるだけの戦士には、荷が重い。
黒い霧で普通に即死したし……。
遠くても南に駆けつけてればよかった！

896：レクイエム
だが、他の使役職だって目立ってる奴はいたぞ？
ネクロマンサーだったら、クリスとか。

897：ルアッハ
サモナーならサッキュンさんも頑張ってました。

898：ロクロネック
しかし、テイマーさんたちと比べてしまうと……。
白銀さんは言うに及ばず、眼鏡軍師、ケモノームテイマー、ウンディーネテイマー、女王様と、かなり目立ってましたし。

899：林檎様
でも、今回異名が付いた眼鏡軍師とか女王様って、いままではそこまで有名だったわけじゃないよ？
そこを、他のテイマーと団結して戦うことで、戦果を挙げて異名まで付いたわけだね。

900：ルアッハ
つまり、他の使役職も連係して戦えってこと？

901：林檎様
そうそう。同じ職業が固まってたら目立つし。
その中でさらに目立てば、それはもう超目立つって事じゃん？

902：レクイエム
確かに！
これは、もう少し横のつながりを強化しておくべきかなぁ？

903：ラスプー
ネクロマンサーが固まってたら、とりあえず目立つことはできそう。

904：ロクロネック
陰陽師、まだ全然いないんですけど！

905：ルアッハ
そこはまあ、頑張れとしか。
活躍する人間が増えれば、その職業を選ぶ人も増える。
白銀さんが証明済みです。

906：ロクロネック
浜風！　頑張れ！

907：林檎様
こっちも他人任せ！

908：レクイエム
クリス！　頑張れ！

909：林檎様
こっちも！

910：ロクロネック
我々が白銀さんに張り合うのは……。

911：レクイエム
無理だろ？

912：ラスプー
確かに無理だな。

913：ルアッハ
無理です。

914：レクイエム
自分で言うのはいいけど、人に言われるとなんか嫌だ！

915：ロクロネック
ですが事実です。現実を受け入れましょう。

916：林檎様
その点、テイマーはもう俺が何もしなくてもいいもんね！

917：ラスプー
サモナーにも白銀さん的なポジの人が現れんかなー。

918：ルアッハ
そんな可能性ゼロなことを願うよりも、次回のレイドボス戦で連係できるように仲間を増やしとく方が現実的なんじゃ？

919：ラスプー
可能性ゼロ……。そ、そうかな？
奇跡的に白銀さん並に活躍する、奇跡のサモナーが現れるかもしれないじゃん！

920：ルアッハ
二回言うくらい奇跡だと自分でも分かっているのに。
あえて言うなら――可能性皆無？

921：レクイエム
うむ。皆無だ。

922：ロクロネック
皆無ですな。

923：ラスプー
分かってるよ！　奇跡を願うくらいいいじゃないか！
くそー、次のイベントでは、サモナー軍団を集めて新たな異名持ちを生み出すくらいの活躍をしてやる！

924：レクイエム
俺も、次のイベントに向けて、ネクロの布教と、連係強化を目指すぞ！

925：ロクロネック
陰陽師、あまり横のつながりないんですよねぇ。
とりあえず浜風と相談してみますかぁ。

926：ルアッハ
ふっふっふ、エレメンタラーだけのクランを計画中だ！

927：林檎様
ふはははははは！　次もテイマーの一人勝ちに決まってる！
我がテイマー軍団の戦力は圧倒的だからなぁ！
白銀さんのお陰で！
次も大活躍をするがいい！　白銀さんよ！

928：ラスプー
お前が勝ち誇るな！
見守り隊さん！　ここですよ！

929：ルアッハ
見守り隊さん！　お願いします！

930：林檎様
見守り隊呼ぶのやめて！
お、俺は無実だ！

931：ロクロネック
白銀さんにお礼を言いなさい。

932：ルアッハ
白銀さんに謝れ。

933：レクイエム
白銀さんにジャンピング土下座しろ。

934：林檎様
調子乗ってすみませんしたぁぁ！
まじ、リスペクトっすからぁぁぁ！
だから許してくださーい！

：：：：：：：：：：：：：：：

EPILOGUE | エピローグ

『イベントが終了いたしました。これよりイベトの精算を行い、順位を発表いたします』

ようやく終わったか。飼育ケースなどでかなり散財してしまったから、手持ちは二〇万イベトくらいなんだよね。

最後にさ、順位の事なんか気にせずに、アイテム買いまくっちゃおうかとも思ったんだよ？　でも、さすがに第二陣の人たちよりも低い順位なのは恥ずかしいからね。恥ずかしくない程度にイベトを残しておいた。

これに、称号所持で貰えるはずのイベトが加算されるはずなんだけど……。

何位になるかね？　今回は数万人の参加者がいるらしいし、せめて賞品がもらえる順位だといいんだけど。

「オルトは何位だと思う？」

「ム？」

「はは、分からないよなー」

「ムー」

俺が今いるのは、簡易ホームの中である。ここならうちの子たち全員と結果発表を迎えられるからね。ベッドに腰かけて、皆と一緒にウィンドウを覗き込んでいる。

「――！」

「フム！」

「そうだな、きっと良い順位だよな？」

「フマ！」

「ヒム！」

俺はヒザの上であおむけになっているリックをモフリながら、発表を待った。

「それにしてもリック、モフモフ度が上がったなぁ」

「キュー」

「いい手触りだ」

「クマー！」

「ペペーン！」

「なんだ？　お前らもか？　ほれほれ」

自分も撫でろと寄ってくるクママたちをモフっていると、他の子たちも自分の頭をグイグイとこちらに寄せてくる。

「あー、分かった分かった」

いつの間にか、全員を順番に撫でる変な儀式が始まってしまったぜ。この輪に加わっていないのは、俺の頭に腰かけて演奏中のファウと、ヤレヤレって感じで皆を見守っているドリモだけである。

「ラランラ～♪」

「モグ」

ピッポーン。

「お、発表されるみたいだぞ！」

「ム！」

「えーっと、俺はおよそ45万イベト？　称号だけで25万イベトも入ったんだけど……。まじか」

称号スゲーな！　いや、恐竜系の結構入手できた人が少ないっぽいし、俺の想像よりもボーナスが多かったのだろう。

「恐竜を周回するようなプレイヤーには負けているだろうが、これなら結構上位かも？」

『集計が終了いたしました。ユートさんの最終獲得イベトは、45万２３１７イベト。最終順位は一一位でした』

「は？　一一位？　えええぇぇぇ!?　まじ？」

これは凄すぎないか？

一位の人が四八万だと考えると結構接戦だったみたいだし。

ブラキオ二〇周ランニングとかした人はいないのだろうか？　それとも、俺以上に散財した？　それはあり得るかもな。

飼育ケースに香水。アンモライトや化石に琥珀。面白い物が大量にあるのだ。そりゃぁ、買っちゃうよね。

「ムムー！」

「――♪」

「おお、ありがとうな」

モンスたちも順位を祝福してくれている。

「えーっと、賞金二〇万とボーナスポイントが一〇？　結構もらえたな！　あとはイベント引換券が四枚か」

これはかなりいい報酬だったぞ。

しかも、また引換券だ。今回の報酬を足すと、イベント引換券×一二枚、恐竜飼育セット引換券×四、巨大水槽引換券×三となった。

「さらに、順位ポイントが一〇〇ね」

この順位ポイントを使用することで、色々な景品を取得可能であるらしい。一位から一〇〇位までが一〇〇ポイントで、一〇一～一〇〇〇位までが九〇ポイント。あとは一〇〇〇位ごとに一〇ポイントずつ下がっていくようだ。最低でも一〇ポイントは入手できるみたいだな。

「お、リキューたちも上位にいるじゃん」

他にも一〇〇位以内には知り合いの名前が結構ある。みんな頑張ったらしい。

『これで、イベントは終了となります。現在、インベントリに収納中のアイテムに関しましては、一部のイベント専用アイテム以外は、所持品として持ち出しが可能です』

「やっぱ、一部は持ち出せないアイテムもあるのか……」

飼育ケースや鉱物は持ち出し可能だよな？　メチャクチャ集めまくったんだぞ？　これで全部消滅

したら、立ち直れないんだけど。

アンモライトは微妙？　一応、五つは確保してあるんだけど。

『イベント内からの送還を開始します』

アナウンスの後、モンスたちと一緒にホームへと転送される。縁側前の、庭だ。

「ただいまー」

「あいー！」

居間から飛び出してきた、座敷童《ざしきわらし》のマモリが出迎えてくれる。満面の笑みで、抱き着いてきた。ここまで喜ばれると嬉しいけど……。イベント内は時間が加速していたから久しぶりの気がするが、マモリにとったら数時間ぶりのはずなんだよね。いや、喜んでくれる分には、いいんだけどさ。

マモリが満足するまで撫でまわした後、居間に戻ってインベントリを開いた。

「さて、イベントでゲットしたアイテムは……」

残っていてくれと祈るような気持ちで、ウィンドウを開く。

「お！　飼育ケースも生き物も、持ち出せたぞ！　アンモライトも恐竜の素材も問題なしだ」

全てのアイテムが、インベントリ内に残されていた。

飼育ケースはホームオブジェクトの扱いになるらしい。全部は置けないかもな。特に巨大な飼育ケースになると、大分スペースを取るのだ。

無くなっているのは、海賊船内のイベントで使用した鍵だけだった。

「後は……なんか新しい機能が解放されたみたいだな」

データを確認してみる。俺に関係ありそうなのは、マスコット関係だろう。最大所持数を増やすことが可能になったらしい。

「これは即課金案件だな！」

マスコットなんて、いればいるだけいいですからね！

「おっと、ポイントの交換物と、引換券のリストも確認しないと。あー、忙し過ぎて笑っちゃうな！」

さてさて、ポイントで交換できるアイテムには、どんなものがあるかな？

リストを開いてみる。

「へぇ、いろいろ交換できるなぁ」

交換可能リストの一番上は、武具だった。まあ、これらはパスだ。俺には必要ない。

「ポーションの類いもいいや。素材は、食材関係ならワンチャンあるな。候補に入れておこう」

次に目に入るのが、ホーム関係のリストだ。面白そうなオブジェクトもたくさんあるが、ホーム拡張や機能追加などの項目もある。庭を広げたり、工房の強化だけではない。

「おいおい、プールがあるじゃん！　いや、こっちの泉の方がいいか？」

普通のプールだけではなく、大きな泉なども掲載されていた。どちらも泳ぐだけではなく、水中タイプのマスコットを遊ばせることもできるようだ。

オイレンシュピーゲルも、ウンディーネから心を貰うためにはプールが必要だと言っていた。ルフレの従魔の心を貰うためにも、ぜひこの辺は手に入れなくては。

他にも、面白いオブジェクトがたくさんある。

「植物庭園に、古代の庭？　プライベートビーチもあるのか！　すげーな！」

ホームを見ていたら、全部ほしくなってくる。他の項目も見よう。

「マスコットは……。ラッコいるじゃん」

そうだった。ラッコさんを捕獲して、交換リストに追加されたんだった。

あのラッコさんが、俺のものになるんだぜ？　やべー、テンション上がる！

他には、恐竜などもマスコットとして存在していた。ラプトルやティラノまで選べる。あれって、マスコットか？　ただ、普通のマスコットと違っているのは、特殊な庭や施設がないと、手に入れることは不可能であるようだった。古代の森とか、古代の水辺といった、マスコットを入手するための条件が書かれている。

「最後はテイマー専用の景品か」

いつも通り、テイマー専用装備や孵卵器《ふらんき》。そして、卵などが並んでいる。

「一番高い卵は、虹の卵？　虹？」

何が生まれるんだ？　いまいち分からんな。今回のイベントで虹……？　思い浮かぶのは、アンモライトだ。あれは虹色に光っていた。ということは、貝のモンスターが生まれる？　アンモナイトとかかもしれないな。

できれば恐竜系のモンスが欲しいんだが……。となると、二番目に高ポイントの源竜の卵が恐竜だろうか？　名前にも竜が入ってるし。

「ああ、そうだ。チケットの方も確認しておこう」

ポイントで入手可能な物とリストが被っているなら、できるだけ高い物が欲しいしね。

「チケット？　あ！　そう言えば！」

レアドロップチケット使ってないじゃん！　せっかく持ち込んだのに！　忘れてた！

「し、使用期限が……。できるだけ早く、何かで使わんと……。ま、まあ、今は報酬に集中だ」

気を取り直してチケットで交換可能なアイテムをチェックすると、一部がポイントで交換可能なアイテムと被っていることが分かった。中でもイベント引換券は、ほぼポイント交換リストと同じものが手に入る。

まあ、高ポイントのアイテムは無理みたいだが。

「恐竜飼育セットは、森や沼が選べるのか……。ただ、ホームの拡張が必要だな。で、その場所で飼育できる恐竜を選んで、入手可能と」

例えば、古代の沼地を選ぶと、スピノ、ブラキオ、ラプトルの群れの中から、好きな恐竜を選ぶことができた。マスコットと同じようなシステムだが、この方法で選ぶとマスコット枠を消費しないで済むらしい。

巨大水槽引換券もほぼ同じだ。怪魚ダンクレオステウスやシーラカンス、リュウグウノツカイなんかも選ぶことができる。

しかもこの水槽。複数の生物を同時に飼うことも可能なようだった。飼育ケースの中の生物を放すことができるらしい。上限はあるみたいだが、魚数匹で終わりということはあるまい。

「置きたい物はたくさんあるが、まずはホームを拡張しないと話にならんな」

その後、俺は不動産屋さんへと向かい、ホームを今の最大限まで拡張した。稼いだお金がバンバン飛んで行くんだが、必要経費だ。

庭も家も、今までの倍以上の広さになっただろう。まあ、空間が拡張されただけなので、外から見る分には全く変わっていないが。

「さて、この大部屋は生き物部屋にするぞ！　室内庭園を購入して――」

いやー、夢中になってホームを改造しまくっちゃったね。ハウジングゲームをやってるみたいな面白さがあったのだ。

完成した新たな我が家は、こんな感じだ。

まず、一階のトランスポーターと納屋の奥。縁側の突き当たりを曲がった先に、新たな通路が出現している。追加された新たな部屋へと繋がる廊下だ。

その新たな廊下の左右には、四つの部屋が並ぶ。

モンスやマスコット、妖怪たちが遊ぶことが可能な、オモチャが並ぶ遊戯室。買ってきたおはじきなどのレトロゲームなんかもここに置いてあるから、いつでもみんなでワイワイできる。

捕らえてきた虫などが放された、室内庭園。ススキや小さいクヌギなどが植えられ、小川まで流れる、室内とは思えない超小型の庭園だ。天井には空の映像が映し出され、外に合わせて時間も変化するらしい。一〇畳ほどのサイズなので、目当ての虫をすぐに見つけて観察することが可能だ。ここに椅子を置いて、小川の音と虫の音を聞きながらリラックスするのもいいかもね。

巨大水槽を並べた、水槽部屋。巨大水槽は連結が可能で、今は三つ分の広さを持った超巨大水槽になっている。水は淡水でも海水でもないらしく、どちらの生物も入れることができた。ここには怪魚ダンクレオステウスやシーラカンス以外にも、様々な魚が泳ぎ、水面にはラッコさんが浮かんでいる。ホオジロサメなどもマスコット枠でゲットしたんだが、他のマスコットや生物を襲うことはないらしい。よかった。

最後は暗室だ。ここは今すぐに必要なわけじゃなかったが、面白そうだったのでゲットしてみた。ヒカリゴケや光茸、蛍光リンドウなどの光系の素材を配置可能で、栽培も可能な部屋である。イメージ画像が幻想的だったので、つい購入してしまったのだ。

「庭も広くなったな！」

庭の奥に蔦が絡まってできたアーチ状のトンネルが出現しており、そこを通り抜けると追加された庭に行くことができる。

これを通るだけでも、宮崎アニメを思い出して楽しくなってしまうのだ。アーチは途中で二股に分かれている。

まずは右手。こっちには、古代の森、古代の庭、古代の湿地、古代の池、古代の岩山を連結させた、古代の島（ミニ）が存在していた。ミニとは言え、その広さはかなりのものだ。

ここに、恐竜が全種類と、メガネウラやアンモナイトなどの古代生物が放されている。古代の島にいた生物は、全部いるんじゃなかろうか？　戦闘や採取はできないし、触れ合いも最低限だが、それで十分だ。言わば、プライベートジュラシッ〇パークなわけだからな。恐竜好きの夢が、ここにあるのである。

左が、清らかなる泉、生物の森林、プライベートビーチという三つの施設を合体させた場所だ。イベントで入手した古代じゃない生物などが放されている。泉でもビーチでも遊ぶことが可能なので、ここでモンスたちと戯れるのもいいだろう。

これらの新施設に加え、庭の畑や、地下の生産施設もグレードアップしてある。外見は変わらずとも、今までのホームとは違う。言わば、ニューユート邸なのだ。

新しいマスコットもたくさんお迎えできた。大型恐竜やホオジロザメのような、施設に固定されたマスコット以外にも、色々だ。

まずはミニ恐竜。二頭身のデフォルメされた可愛い恐竜たちがたくさんなのだ。マスコットティラノ、マスコットブラキオ、マスコットプレシオ、マスコットトリケラ、マスコットプテラの五種である。

そして、メインと言っても過言ではないラッコさん。なんと、大人と子供がおり、両方ゲットすることができた。いやー、子供ラッコ可愛すぎてヤバくない？

あと、増やしたマスコット枠を使い、以前は手に入れ損ねた子ツキノワ熊に、今回追加された子ウシ、子ウマ、子ブタ、子ヒツジもゲットしておいた。

みんな、広くなったホームで思い思いに遊んでいる。ラッコさんやマスコットプレシオは、水場から水場に転移で移動ができるっぽかった。色々なところにいて、驚いたね。

ただ、問題が一つ。

「うーん、ポイントとチケットを、ホームとマスコットに全部つぎ込んじゃったな」

途中から楽しくなってきて、止まらなかったのである。そのせいで、もう卵や孵卵器をゲットするだけのポイントが残っていなかった。最後、一ポイント余ったから、ビフロンスの骨粉というアイテムに交換しておいた。これ、どうやら肥料であるらしいのだ。無駄にはならんだろう。

「ま、こんなもんでいいか。恐竜さんたちをお迎えできただけで大満足だからな！」

いやー、今回は楽しいイベントだった。

ビーチに恐竜に採取に釣り。そして戦闘もあれば、のんびりバカンスも経験したのだ。楽しいこと全部盛りだったんじゃないか？　まあ、ホラーとかモンスターパニック的な部分もあったけどね。それも含めて、楽しかった！

「ム？」

「オルト、イベントはどうだった？」

「ムム！」

「楽しかったか？」

「――――！」

「モグモ！」

普段は落ち着いているサクラやドリモが、思い出して「ウォォ！」ってなっちゃうくらいには楽しかったらしい。

その周りでは他のモンスたちも踊っている。

モンスたちも楽しめたんなら、それが一番よかったのだ。

とりあえず、イベントでゲットしたアイテムを整理しちゃおっかね。

「アンモライトとか、どこに飾ろうかな？」

【白銀さん】白銀さんについて語るスレ part16【ファンの集い】

ここは噂のやらかしプレイヤー白銀さんに興味があるプレイヤーたちが、彼と彼のモンスについてなんとなく情報を交換する場所です。

・白銀さんへの悪意ある中傷、暴言は厳禁
・個人情報の取り扱いは慎重に
・ご本人からクレームが入った場合、告知なくスレ削除になる可能性があります

：：：：：：：：：：：：：：：：

97：ヤンヤン
白銀さんに始まり、白銀さんに終わるイベントだったな。

98：遊星人
大活躍ではあったが、そこまで言うほどだったっけ？

99：ヨロレイ
早々に古代の島を発見して、プレイヤーと運営の度肝を抜き、ボス全ての攻略方法を発見。
悪魔戦で大活躍したと思ったら、クラゲレイドを発生させる。
まあ、白銀さんのためのイベントといっても過言ではなかったな。

100：遊星人
た、確かに！
そこまで言うほどだった！

101：ヤナギ
なんかさ、白銀さんちスゲーことになってるんだけど！

ヤバイ！

102：ヤンヤン
凄いことって？

103：ヤナギ
だからヤバいんだよ！　マジヤバイ！

104：ヨロレイ
語彙力が死ぬくらいヤバいってことね。

105：ヤナギ
マスコット大量！　ホームオブジェクトも大量！
見たことない施設ドッサー！
ヤバイ！

106：ヤンヤン
ていうか、どうやって知ったんだ？
畑は覗けるけど、ホームはさすがに無理だろ？

107：遊星人
もしかして、ホームに招待されるような間柄に？
お、お前……いつの間に！

108：ヤナギ
なわけない。

109：遊星人
ですよねー。

110：ヤナギ
あっさり納得されるのもなんかモヤるな！

111：ヨロレイ
そんなことよりも、なんで白銀さんのホームのこと知ってんの？

112：ヤナギ
マモリたんの日記だよ！
ついさっき更新されたの！

113：ヤンヤン
ついこの前更新されたばかりじゃなかった？
もう新作が出たの？

114：遊星人
座敷童の日記って、不定期更新だぞ？
期間が開くこともあれば、立て続けのこともある。

115：ヨロレイ
日記にしやすいことが起きると、更新される確率が高いってさ。
座敷童ちゃんのAI次第なところはあるだろうけど。

116：ヤンヤン
つまり、マモリたんが立て続けに日記を更新したくなるようなスンゴイことが、白銀さんのホームで起きたということだな？

117：ヤナギ
その通り。
白銀さんち大改造だ。

118：ヨロレイ
今、動画を見てる。
これは確かにヤバイね！

119：ヤナギ
だろ？

120：ヨロレイ
まず、見たこともないマスコットが大量で、何が起きたのかと思う。
小っちゃい恐竜がわちゃわちゃしてると思ったら、その後ろから普通にデカい恐竜がドーン！

121：ヤナギ
イベントのボーナスで交換できるやつだけど、ここまで揃えてる人いないんじゃないかな？
動画上げてるプレイヤーも結構いるけど、精々3、4種類くらいだし。
どれだけイベトをつぎ込んだのか……。
武器とか行かずにマスコットに全振りでも、白銀さんなら驚かない。

122：ヨロレイ
で、ようやく後ろに目が行って、なんか凄い施設がー！
古代の島が再現されてる！　ってなる。

123：ヤナギ
古代の島だけじゃなくて、他もスッゲー広いぞ。
空間拡張されてるから外からだと普通の日本家屋なんだけどな。
中はパラダイスが広がってる。

124：ヨロレイ
うおぉ！　なんじゃこれ！

家の中に庭？　メチャクチャ絵を描くのが捗りそう！
いいなー！　俺もこんなホーム欲しい！

125：ヤンヤン
俺も！　この小さい恐竜羨ましい！

126：遊星人
俺はこの暗室！
幻想的！

127：ヤナギ
だろ？　ヤバイだろ？　な！　なっ！

128：ヨロレイ
なぜお前が勝ち誇った風だし。

129：ヤンヤン
モンス、妖怪、マスコット、入り乱れて何体いるか分らんな。
ただただ楽しそう。

130：ヨロレイ
これを見ちゃうと、テイマーもいいなーって思っちゃうね。
職業は変えらんないけど、テイムと使役スキル覚えるだけなら可能なんだよな。

131：遊星人
別に、マスコットだけならスキルも転職も必要ないだろ？

132：ヨロレイ
確かにマスコットたちは可愛い！

でも、俺は樹精ちゃんとか水精ちゃんと戯れたいんだ！

133：遊星人
欲望に忠実すぎるだろ！
リスとかにしとけ。

134：ヨロレイ
リスさんをモフるのもありだな！
白銀さんのリス、メッチャフカフカそうだし。

135：ヤンヤン
あのリス、特殊な進化先っぽいぞ。

136：ヨロレイ
そうなの？
じゃあ、俺がテイムを覚えても、あのリスさんは手に入らない？

137：遊星人
意外と乗り気だったのか？

138：ヤナギ
残念だが、未知の進化先って話だ。
レイドボスぶっ飛ばしてたしな。

139：ヤンヤン
そう言えば、プロモーション動画でなんか凄い緑の球投げてたな。

140：ヤナギ
というか、ラストアタックもリスだろ？

141：ヨロレイ
そっかー。
ただのリスさんではなく、選ばれしリスさんだったかー。
残念。

142：遊星人
リスさん、実はスーパーリスさんだったんだな。
何かと目立つ白銀さんのモンスの中で、一番普通だと思っていたのに……。

143：ヤナギ
精霊さんたちに、熱烈なファンがいるクマさん。
竜化するモグラさんに、ペンギンさん。
確かに、リスさんは一番普通だったな。

144：遊星人
それが、なんということでしょう！
白銀さんの手に掛かれば、あっという間に誰も知らない進化を遂げてしまうのです！

145：ヨロレイ
白銀的ビフォーアフター。
真似は絶対に無理だな。
だって白銀さんだもんな。

146：ヤンヤン
でも、ワンチャンというか、奇跡にかけてリスをテイムする奴は増えそう。

147：遊星人
テイマーだったら、そうかもね。
そもそも、特殊進化しなくてもリスさん可愛いし。

今回のイベントで白銀さんのリスを間近に見て、ハートを撃ち抜かれた奴は多いだろ？

148：ヤナギ
白銀さんちのリスって、妙に人間臭いっていうか、目立つよな。

149：ヤンヤン
好感度とかの差なのかねぇ？
言われてみると、なんか違うかも？

150：ヤナギ
配信や日記見てても、悪戯子《いたずら》リスって感じあるもんな。

151：ヨロレイ
あー！　どうしよう！
悩むわー！

152：遊星人
そこまで悩むなら、もうテイム取っちゃえば？
リスさんは、色々と役に立つらしいぞ？

153：ヤンヤン
索敵、採取、偵察と、意外に有能だよな。
しかも、育てれば戦闘力も問題ないってわかった。

154：ヤナギ
しかも可愛いし。

155：ヨロレイ
有能リスさんが肩にいる生活！

あると思います！

156：遊星人
こいつ、テイム取りそうだな。

157：ヤンヤン
だな。そして、やっぱ特殊進化しなかったって嘆くところまで想像できた。

158：ヤナギ
ウンディーネを複数体テイムするのは確定。

159：ヨロレイ
えー、水精ちゃん複数体テイムは男の嗜《たしな》みだろ？
誘惑に耐えられてる白銀さんが凄いんだよ！　白銀さんのメンタルは化け物か！
でも、ヨロレイじゃなくてエロレイめ！　とか言われたくないなー。
あー、悩む！

160：遊星人
とっととテイム取れ。エロレイめ。

161：ヤナギ
ウンディーネを複数体テイムしろ。そして、その絵を描いて売ってください。
エロレイめ。

162：ヤナギ
て、天才がいる！
エロレイって呼ばれたくなければ、水精ちゃんたちの絵を描いて下さい！

163：ヨロレイ
た、頼まれているの？　脅されているの？

：：：：：：：：：：：：：：

GC NOVELS

出遅れテイマーのその日暮らし⑩

2023年2月5日　初版発行

著者　棚架ユウ

イラスト　Nardack

発行人　子安喜美子

編集　岩永翔太

装丁　AFTERGLOW

印刷所　株式会社平河工業社

発行　株式会社マイクロマガジン社

URL:https://micromagazine.co.jp/

〒104-0041
東京都中央区新富1-3-7　ヨドコウビル
TEL 03-3206-1641 FAX 03-3551-1208(販売部)
TEL 03-3551-9563 FAX 03-3551-9565(編集部)

ISBN978-4-86716-388-7 C0093

本書は小説投稿サイト「小説家になろう」(https://syosetu.com/)に掲載されていたものを、加筆の上書籍化したものです。